散场 青春 陪你到

暴暴蓝　作品

长江出版传媒　长江文艺出版社

北京知书文化传媒有限公司 & 北京长江新世纪文化传媒有限公司

www.cjxinshiji.com

出品

序

如果你现在
启程赶过去

八月长安

期待着明天再见，
期待着大家还会有更好的未来在发生，
期待每一段别离都不是结局。

我还记得我第一次拍"艺术照"的情景。

　　大约从80年代末开始，影楼艺术照忽然风靡大江南北，男女老少纷纷在粗糙的背景板下，拍出雷同的造型和姿态。小女孩们的服装头饰大多来自当红电视剧，比如梳着双丫髻的黄衫小丫头，比如戴着黑面纱的摩登女郎，比如高高拈起水晶球凝神打量的苏妲己……

　　我上小学前，也曾懵懂地被老妈拎进一个幽暗的小房间，被一个虎背熊腰的大姨指挥着拗造型，将上述各色女子演了个遍。在两套造型的间隙，我妈叹着气跟摄影大姨说，你看，人家的孩子都会自己摆造型，她就杵在那儿，跟截木头似的！

私底下我也是每天披着床单，对着晾衣杆喊"相公"的堂堂白娘子啊！很灵动的好吗！

谁能想到，面对镜头时，会僵硬得像匹诺曹。

这好像一个诅咒，之后我就再也不会照相了。我爸妈也不是热衷于"记录生活点滴"的文艺青年，于是我成长过程中留影非常少，除了同学集体出游时候的几张合影，小学到高中，只有一片遗憾的空白。

到了大学，我掌握了一手绝佳的拍照技能：搞怪扮丑。南京扮铜像，平遥耍大刀，博大家一笑，用翻白眼吐舌头来避免面对镜头时那种不可控的僵硬和尴尬，反而收获了女同学们的喜爱——试问谁不愿意和这种傻帽儿一起拍美美的照片呢？

终结这种丑照的是暴暴蓝。

大约两年前，编辑跟我说，你都没有一张正经能用的宣传照片，赶紧让暴暴蓝给你拍一套吧——起初我是拒绝的。毕竟我是一个很有自尊的女作者，怎么能对着一个男生搔首弄姿呢？他长得丑点也就算了，居然还挺好看的（此处为客套）。

记得当时是在北京某胡同里的小咖啡馆，老板娘养了许多花，兴致来了也会扎一束，或卖或送。谢天谢地当时除了我们一行人之外没有别的客人，但即便如此，我也紧张得不行，何况拍照全程，我编辑都摆着一张天然嘲讽脸在一旁看热闹，那种小时候拍艺术照的尴尬感再次充满全身。

是的，我很害怕被别人看，很怕摆 pose，很怕被笑话，有社交恐惧症，玻璃心，自知之明过度充盈，知道自己哪里丑，又担心刻意遮掩太矫情，你拿着镜头对着我，说放松点，放松点，放松点——这对我来说等于放屁。

他没说。他只是按快门，咔嚓咔嚓，偶尔提醒一下，头抬一点点，下巴收一点……奇妙的是，随着咔嚓咔嚓的快门声，这些躁动的焦虑被安抚下来。也许正是因为，他没有去刻意关照被拍摄的人的心情，而是忙于他自己的观察与发现。我依然在做作地伸长腿、抱膝、闭眼浅笑，但不再觉得自己可笑，就当自己是在拍提线木偶的产品照，也没什么大不了嘛。

过程中暴暴蓝先生一直在重复的就是"太美了"这三个字。"头抬一点？哎太美了太美了。""眼睛闭上？哎这张太美了太美了。""把脸侧过去？哎这个角度太美了太美了……"

我当时闭着眼睛，耳朵都烧起来了，简直太羞耻了！理智告诉我，这也是优秀的摄影师的工作经验，你就是让他拍头猪，他也能一边按快门一边给人家批发赞美，都不走心的，放下相机，转身就可以跟别人说，我昨天拍的那傻×……

直到很久以后。

暴暴蓝来青岛玩。在海洋馆看见海狗，他说太美了太美了太美了；海边傍晚忽然升腾起漫天大雾，他说太美了太美了太美了；连饭馆服务员往铁锅里倒了一盆活海鲜……

暴暴蓝，你说清楚，我、海狗、海鲜，到底谁比较美。

原来暴暴蓝是走心的。因为他看什么都美。

确切地说，他能从万事万物中发现美。他就像个小孩，一切都让他惊讶。

他跟所有我避之不及的陌生人攀谈，抓拍一切在我眼里司空见惯的东西，却能让他们和它们绽放出几许不同。

这句话像是某种陈词滥调。

珍惜生活点滴，发现身边的美，已经是大家不屑于讲的道理了。我们都会珍惜生活，吃饭前先拍照发朋友圈，穿了新衣服也拍照发朋友圈，近郊自驾游看到一只农家走地鸡，同样记得先拍朋友圈。

形式终于吞没了内容，他人的生活和自己的生活一起排列在 timeline 之中，被记录，也彻底被敷衍。

然而发现和珍惜并不是用格言激励就能培养起来的生活习惯。它是对世界、对他人的兴趣，是探索的欲望和聆听的耐心，是无法抑制的好奇，是本能也是天赋。麻木的人从小便抱着成见去看世界，而暴暴蓝同学，到老了也看啥都美。
他的天性中，拥有抵抗时间与庸常侵蚀的能力。

我还记得两年前，当我在邮箱中收到暴暴蓝拍的咖啡店捧花少女系列照片时，痴迷地对着屏幕看了许久。他并没有如约把我 PS 成高圆圆，优点还是那些优点，缺陷也还是那些缺陷，连尴尬都还是那些尴尬。

他拍的就是我，却比真正的我美丽很多。或许就是因为那一点好奇，一点耐心，一点欣赏。仿佛对所有人都知之甚多，能透过他人的眼睛，看到对方心中那面魔镜中的影像，分毫不差。

他是一个温柔的人。镜头温柔，笔触也温柔。
暴暴蓝写身边每一个有交集的人，有本事让擦肩而过时交叠的衣袂生发出意义。

日本人讲"一期一会"，是看透了世事无常，明白了活在当下，珍重了后会无期，像是个老者活了大半辈子，语重心长地告诉年轻人们，一挥手也许就是永别，别不往心里去。

　　而他呢，却是由衷地不信人世残酷。假乐观是可怕的，他是真期待，期待着明天再见，期待着大家还会有更好的未来在发生，期待每一段别离都不是结局。带着这种信任和温暖去写人、写人世，是可贵而无法模仿的。我和他很不同。

　　所以我很羡慕他。

　　也只有他敢底气十足地把这本书起名叫《陪你到青春散场》。反正他可以一直陪下去。一个对着寻常大雾激动得大喊"太美了"的奔三男人，青春离散场还远得很呢。

　　有一个我自己特别喜欢的童话故事，讲述一个男人翻山越岭去挽回曾经爱着自己却不被珍惜的仙女。终于他找到了她，终于他娶了她。

　　最好的结尾是什么？"他们从此过着幸福快乐的日子"？

　　不，我心里最好的结尾，就写在这个故事里。

　　"他们举行了最盛大的婚礼，如果你现在启程过去，说不定还赶得上。"

　　青春是不朽的，暴暴蓝说。

目录

青春散场

1

　　接到她打来的电话时，我正在从北京回沈阳的动车上。窗外是白茫茫的一片大雪，车厢里空调开得太足，闷热的空气像掺了安眠药一样。我一会儿陷入沉睡，一会儿又突然醒来，这样翻来覆去好多次，头疼得厉害，心情像周围的空气一样沉闷。

　　"喂？"电话来自一个陌生的号码。
　　"好久不见，应该还记得我吧。"
　　我说："当然记得啊，怎么会不记得呢，你最近好吗？"

　　我没想到会接到她的电话，突然听到她的声音，我有些茫然，仔细想想，我和她已经有五六年没有见过面了。

她是我初中时期唯一的朋友。

她那时候模样好学习好家底儿好，我们能走得近，或许是因为我们人缘儿都不好。如果说她是因为太完美，周围的人不敢靠近怕相形见绌，我则是太平凡，平凡得扔到人海里，水花都溅不起一点儿。可悲又万幸的是，我们都不善于去讨好，这或许是又一个可以让我们靠近彼此的共同点。

除了因为性别不同不能做"一起去上厕所的朋友"，我们几乎陪伴了对方整整三年时间。后来想想，这三年来我们相处得其实并不算融洽。我们是两个太不相同的人，性格、喜好截然不同。我那时的性格胆小懦弱，她却高傲得不可一世。我喜欢亦舒，她喜欢米兰·昆德拉；我喜欢听孙燕姿和范晓萱，她喜欢听张国荣和王菲；我喜欢岩井俊二和宫崎骏，她喜欢伍迪·艾伦和波兰斯基。当我还在为一双打折的匡威球鞋兴高采烈的时候，她都对摆弄各式各样的奢侈品小玩意儿感到意兴阑珊了。好像无论从哪个角度来看，那时的她都要比我高端许多。

但是这些都无所谓，我们仍旧在那段漫长的时光里，安心地扮演着彼此唯一的朋友这个伟大角色。

长久的相处中，我们悄悄地带给了对方一些微小的改变。我也开始跟她一起听王菲，也开始喜欢林夕填写的那些决绝又哀怨的歌词。她也会偶尔陪我哼上两句"天黑黑"，陪我一起看亦舒的小说。那时候，完美的她，喜欢《玫瑰的故事》，而不完美的我，喜欢《不羁的风》。

成长至今我才发现，比起"朋友"，可能另外一个词更适合去形容那时我和她的关系，是"同盟"。因为都害怕成为人群中的异类，所以迫不得已结为"同盟"。

我们小心翼翼地维系着这样的关系，直到我们高中毕业那年的夏天。

那年夏天，她的家里发生了一场巨大的变故。她几乎是在一夜之间失去了豪宅、跑车、随便刷也刷不爆的信用卡，所有曾经拥有过的好东西。却莫名平添了些别的，来自生活无穷无尽的压力、亲人们躲躲闪闪的目光、母亲整日整夜的叹惜。

骄傲公主的光环碎了一地，零零散散的碎片拼在一起，写成了大大的"讽刺"二字。

我和她呢，就好像一场突如其来的海啸席卷了整座城市，我们脚下的陆地被硬生生地掰成两片，潮退后，南端依旧晴空万里，北端却是暴雨连绵。

我和她就这样站成了对岸，中间隔了无尽的万水千山。

之后整整五年，我们的联络越来越少。我按部就班地去上大学，玩儿音乐，玩儿摄影，我开始有了很多很多的朋友，我终于成为一个不再孤单的人。而她，开始了半工半读的生活，利用所有能利用的时间去挣钱养活自己，养活妈妈和妹妹。她成了亦舒笔下落难的灰姑娘。

我们渐渐疏远了，像是两条各自靠岸后的船，默契地解除了当年立下的不成文的盟约。

每年过节，我还是会给她发短信，简单的三个字"新年好"。她也会跟我说"你也新年好"。等我再回复她"最近过得好吗"，她那边就没有消息了。

期间总会听到一些风言风语，有人说她被大款包养了，有人说她当了小三儿，搞得人家妻离子散。好看的女生总会招人嫉妒，太多人想在落难公主的背后再踹上几脚。每次听到这样的话，我都会笃定地说："不会的！她不会做这样的事儿的，你们别他妈瞎说。"

那时候我就想，等再见到她，我一定要让她告诉我，他们说的不是真的。我一定要她亲口对我说，也不枉我这么多年替她伸张"正义"。

5

我们约在曾经来过的这家居酒屋见面。高中时，我们经常会在周末约到这里来吃吃东西。毕业后，我就再也没有来过这里了，没想到过了这么多年，这家店还开着，只是装潢已经很陈旧了。当年那个神似柏原崇的老板，体态也臃肿了许多，脸上的皱纹隐约可见。

她在我面前漫不经心地点起一根 ESSE（爱喜香烟）。我一向不太喜欢抽烟的女生，但是她抽烟时的样子很美，加上她依旧精致的脸庞，还有从头到脚的名牌首饰名牌衣服，有那么点儿珠光宝气的意思。

"你怎么也抽起烟来了？"
"你不也是吗。"
"还不都是大学时养成的坏毛病，生活无聊，解闷儿呗。"
"你是解闷儿，我是解愁，还是不太一样的。"

我没有问她最近好吗，明眼人都看得出来，她过得很好，但还是跟从前的那种好有些许不一样。从前她身上的那种骄傲，好像被蒙了一层纱，不那么明显了，却多了一种仿佛可以随时和这个世界同归于尽的孤勇，一个眼神，便可以退敌三尺。

我们看似随意地聊着天，实际上尺度把握得很有分寸。所有话题基本都是围绕着我的近况，还有从前的林林总总。我按捺不住想去询问关于那些传闻的真伪，她也仿佛早就看穿了我的心思，摆出了一副无所谓的架势。

"所以呢，别人说的那些，究竟是不是真的？"
"你指哪些？"
"你应该知道。"
"我就知道你会这么问，算是吧，反正又不重要。"她漫不经心地回答我。

这个事情简单来说就是，她在大学的时候偶然认识了一个家底儿颇厚的小伙儿，那小伙儿对她一见倾心，不顾家人反对，跟未婚妻说了拜拜，然后开始疯狂地追她，一哭二闹三上吊地跟全世界发誓非她不娶。后来他们就在一起了。怎么看怎么像是韩剧里屡见不鲜的浪漫桥段，不过就是男主角长了一张比较悲剧的脸，事情就变得不那么浪漫了。

"他约你你就去啊？你不会拒绝他？你明明知道他订婚了，干吗非要蹚这浑水？"我没好气地问她。

"不是不能拒绝他，那时候我穷得换了谁请我吃饭我都不会拒绝。你每天在学校拿着家里给的零花钱，偶尔再收点儿小稿费，就可以把生活过得有滋有味。我不行，我不光得自己挣钱交学费，还得养活我妹妹和老妈。突然冒出个人来天天请我吃饭，我能省好多钱，我巴不得呢，我管他谁呢！

"我知道别人都是怎么说我的，可我那时候就是单纯地想去吃饭而已。我们连手都没牵过，更别提床上的那些事儿了，你说有我这么当小三儿的嘛。他后来取消婚约我都不知道，我一直以为就是游手好闲的富二代找漂亮姑娘解解闷儿，过阵子就淡了，回头该结婚结婚该干吗干吗。没想到他后来真使劲儿追我了，他知道我家的情况，偷偷托关系给我妹找了个好学校，又帮我妈补交了这保险那养老金的。这些帮助对他来说没什么，对我来说等于救命。他追得这

陪　蓝
5

么真诚，我根本没理由不答应。"

"那你为什么不找我，或许我能帮你呢？"说这话的时候，我也特别真诚。

"你是能帮我一时，还是包我下半辈子的荣华富贵？我不光没找你，谁我都没找。经历过我这种境地的人才会懂得人情冷暖，我不想对曾经的朋友失望，我只能靠自己。"

"那你为什么今天突然找我？"
"喏，给你发喜帖啊。"她笑着递过来一张红色的邀请卡，上面印着他俩的结婚照。
"这么快？他都给你啥承诺了？"

"就做了个简单的婚前协议。他妈说以后要是生了儿子家产就有我份儿，如果生女儿就没有，没想到跟电视剧里一样一样的，都什么年代了，还重男轻女。但其实他的钱我也没惦记过，我让他给我开个店过到我名下，保不齐什么时候离了，我也有条后路。"

"那你呢，你爱他吗？"我觉得我似乎是问了一个傻问题。
"可能，爱吧。"她叹了口气，缓缓地回答我。
"我对他，爱里有着三思而后行，还带着点儿感激的意思。不知道这样，算不算真爱。"

她说，她遇见过的男人里，有的用情话去爱，有的用承诺去爱，有的用下半身去爱，只有他，用真金白银去爱。这样的爱让一无所有的她感到踏实。

她家破产后，她那个挨千刀的爹就跑路了，接下来的每一天都有债主上门讨债。房子车子珠宝首饰全拿去做了抵押，她们母女三人住在廉租房里，家里所有值钱的东西都被搬空了。

有一天半夜她打工回家，看到她妈妈泪眼婆娑地坐在床脚抚摸着一件脏兮兮的貂皮大衣，那是家里唯一还值钱的东西了。看到那一幕的一瞬间她就发誓，她一定要让母亲和妹妹重新过上好日子，不管用什么样的方式。

我的生活里没经历过这样的大起大落，我无权对她的选择指手画脚。

"你这婚纱照还挺丑的。"我指着请柬上的照片，没话找话地开了一个不那么好笑的玩笑。

"嗯，咱俩审美差不多，我也这么觉得。还是出国拍的呢，不过他喜欢，我也真是无所谓。"

"我记得你以前挺烦这些东西的，现在是怎么了？"我指了指她浑身上下全副武装的名牌。

"我现在也不喜欢啊。但我每一次面对它们的时候，就好像在心里进行着一场重大的宣誓。我需要它们帮忙提醒我，这就是我原本生活中的一部分，我失去的所有，我一定要拿回来。等我有了钱，真正回到从前的那个我，我一定会像以前一样对它们嗤之以鼻的。"

"钱，就那么重要吗？"

"嗬，这还真像你这种整天靠光合作用就能岁月静好的文艺青年能问出来的问题。我告诉你，钱，就是这么重要。不然你告诉我，你努力工作的目的是什么？"

"我没想过，可能就是穿好看的衣服去好看的地方玩儿呗。"

"这些不花钱？"她指了指我新买的 KENZO（凯卓，高田贤三在法国创立的品牌）卫衣。

我感觉我被她绕进去了。

她说："这样吧，我们玩儿个游戏。假如，我们各有一次可以出卖对方的机会。不是一拳一个耳光那么简单，是只要出击便直奔软肋，没个五六年都缓不过来那种，谁先击倒对方谁就可以得到高额的回报。完完全全的损人利己，你会怎么样？"

类似这种不着边际的幻想游戏我跟陈晨经常会在闲得慌的时候玩儿，每一次都爽得仿佛身临其境。但我们的范围仅限于"如果所有帅哥美女明星名模，可以随便拽一个来谈个公主王子般的恋爱，你会选谁"这种玛丽苏式的幻想。

我想都没想就跟她说："我不会，老子不做出卖朋友的事儿。"
"出击的回报价格是五万。"
"你当老子是什么人？！会因为区区五万出卖朋友？开——玩——笑！"
"那么五十万呢？"
"也不会，不用通过这样的方式，我自己努努力也赚得到啊。"
"一百万。"
"不会。"
"五百万。"
"……"
"一千万。"
"……"
"五千万。"

"咱能不玩儿这么傻的游戏了吗？根本就没意义！我问你这钱到底谁出？靠！"不知道哪里来的一股无名火，我用力捶了一下桌子，打翻了酒杯。

"你敢说你没在心里动摇过？"她死死地盯着我。

我真的有点儿生气了，但是我发现这种愤怒来自我对自己的怀疑，我承认我犹豫了。我居然会犹豫，我他妈居然犹豫了！

　　那一刻，好像我终于看清了我内心深处住着的那只小恶魔，我看着它爬上城楼，敲响了丧钟。

　　我记得她很久以前跟我说过，她是白骨精，我是小怪兽，我们之所以可以成为朋友，因为我们都是妖怪。那时候我还不理解这句话的意思，现在我懂了。

　　"你别气哈，这就是个游戏，真实世界里没哪个土豪愿意花巨资观赏咱俩这种初级小怪对掐。不过换作是我，早在更低价码的时候就把你卖了，所以你也别内疚，这没什么大不了的。"

　　可我还是很内疚。

　　"可能我们这辈子都没有这么好的运气碰上这种事儿吧，所以今天还能相安无事地坐在这里把酒言欢。"她重新点了一根烟，幽幽地说着。

　　"你说这是运气？"我诧异地问她。

　　"是啊，当然是运气。是奴隶终于可以翻身做主人的运气。是下半辈子可以不用努力奋斗也会衣食无忧的运气。是终于可以不再提心吊胆整天看领导脸色，瞬间落魄穷人变霸道总裁的运气。你说这不是运气是什么？不过你放心，真有那么一天，老娘不会亏待你的，钱我存着，等你躺了三五年缓过来了，一千万咱俩平分。游艇、法餐太奢侈，肯定不够，就算了，你不是一直想在山的那边海的那边盖个什么玻璃房子吗，咱盖俩，每天空调西瓜 Wi-Fi，午饭有鱼有虾，啥也不干，就虚度光阴。每人五百万，对于咱俩来说，安享晚年是足够了。"

"你信吗，真有那么一天，你也会贱兮兮地原谅我的。那点儿伤害跟牢牢坐在银行账户里的人民币比起来，根本不算什么。"

6

　　后来我们又说了些什么我记不清了。我们喝了一瓶又一瓶的酒，抽了无数的烟，空气中心灰意冷的味道最终让我们相视无言。我曾无数次幻想过我们久别重逢后的情景，但都不应该是今天的这个样子。可冥冥中发生了的一切，又让这次相见注定会是这个样子。

　　这是老天爷开的一个并不善意的玩笑。

　　这样的一瞬间你可曾有过？当你把尊严静悄悄地安放到天平的左边，突然出现一人呼啦一下子把金钱名利放到右边，你眼睁睁看着那点儿可怜的尊严一下子就被翘得老高。我们的四周始终有人叫嚣尊严高于一切，那是因为他运气好，没遇见那个让人心灰意冷的天平。生活就像是一面大镜子，会反射出人间最灿烂的光，你站在它面前，享受着暖洋洋的喜悦。但终将有一天，当你深刻体会到命运的无常，它会反射出你最丑陋的嘴脸。

　　我看着对面的她，缭绕的烟雾中，她还是那么漂亮，就像我第一次见到她的时候一样。但又确实有那么一些不一样了，我很难一下子将从前那个穿着白衬衫牛仔裙坐在我单车后面唱着"天黑黑"的女生与对面的她画上等号。从前她的美是那么理所应当得天独厚，而今天，却是那么疲惫。

　　仿佛是注定的一般，如今的我们，谁都不完美了。

生日礼物

在我高中快毕业的时候，沈阳下了一场大雪，那天正好是我的十九岁生日。

北方城市冬天下雪本是寻常事，可那年的那场雪却不一样。在我的记忆里，从没见过这样的大雪，大得足够掩埋一整座城。那天，是 2007 年 3 月 4 日。

雪整整下了一天一夜，全城高速公路封闭，机场和火车站也全部都停运了。中心气象台分别于 4 日上午和傍晚两次发布红色雪灾预警信号，电台新闻和手机短信里反复推送着关于大雪会带来的人身安全隐患问题。因为路上积雪过厚，造成了严重的交通瘫痪，所有学校和单位放假三天。对于一个高三的学生来说，这真是振奋人心的好消息。

差不多晚上八点的时候，我接到 H 发来的短信。

"生日快乐！你在哪儿？" 他问我。

"在家里做题，不然还能去哪儿。"看着桌子上厚厚的一沓卷子和那些一直解不开的公式，我惨淡地笑了笑。

"要不要出来玩儿？反正明天也不上学，找个地方帮你庆生，生日还是要过的啊！"

我说好，然后穿上羽绒服，揣着一台只有三百万像素的小卡片机出门了。

街上的积雪足足半米多深，这样的大雪在北方的冬天也是罕见的。远远地望过去，只有马路尽头的红绿灯依旧固执地变换着颜色，这场风雪完全跟它们无关。

没有一辆车经过，我干脆就躺倒在马路中央，偌大的南京街静得只听见我一个人厚重的呼吸声。哈口气，眼镜上迅速起了一层雾。因为大雪瘫痪了的城市，在我眼里却格外美好。我闭着眼睛对着天空按快门，相机里留下的全都是落雪在暖黄的路灯下形成的亮斑。

H是我从小玩儿到大的朋友，他家离我家只隔一条马路。他来的时候没有看到我，打电话来问我在哪儿。我说，你看你的左手边啊，我已经埋在雪里啦。我没有起身，抬了抬胳膊朝他挥了挥手。

我俩沿着有路灯的街道漫无目的地走着。这场雪没有一点儿要停下来的意思，走一会儿就不得不停下来拍一拍身上的落雪。北风冷得像刀子，吹得脸颊一阵阵地疼。

H把他的帽子递给我："这个给你，就当是生日礼物了。"一顶阿迪达斯的棉线帽。

他问我："马上就高考了，复习得怎么样？"

"还能怎么样，越复习越糊涂，可能我天生就不是学习的料吧。"

"瞎说，是你自己不用心吧，要真不是学习的料，怎么考上省重点高中的。"

"高中的课程毕竟和初中不一样，不是靠小聪明突击突击就能应付得来的，我现在对高考是彻底没信心了。你倒是好啊，考上了飞行员，完全不用理会高考了。"我叹了口气。

谈到高考，我有些心烦，或许 H 说的是对的，我花费了太多时间去弄一些有的没的，并乐在其中。只是在学生时代，一个学习不好的孩子，其他别的方面再突出，在老师和长辈眼里也不过是些不务正业的歪门邪道罢了。

我想起初二的那年，我拿了全市中学生业余绘画比赛的二等奖。那晚，我兴奋地回到家里把奖状拿给父母看，期待得到他们的赞许，可最后听到的也不过是淡淡的一句"还是把心思多花在功课上面吧。"

他们的语气里分明是带着一些不屑和责怪的。

该怎么形容当时的心情呢？就像是一场热闹的皮影戏，我在台上咿咿呀呀地舞着，直到大幕落下灯光亮起，放眼望去，才发现台下空无一人。

那种感觉，叫作徒劳。

我当晚就撕了那张奖状，连同所有画笔和颜料都扔到了垃圾箱里，心里一点儿都不觉得可惜。只是那张画我没舍得扔，一直保留到了现在。画面里是晴朗日照下的一片海，一个戴眼镜的少年躺在鲸鱼的后背上安静地发着呆。那个少年就是我。

我和 H 一前一后地走着，雪越下越大，整个城市雾蒙蒙的一片，分不清方向。马路上随处可见一些抛锚的巴士和轿车，横七竖八地停着，车主早就不见了人影。在下个路口，经过一个中年男人，一个人费力地推着陷在雪里的车，我俩赶紧过去帮忙。三个人使劲儿推着，车却是丝毫未动，最后只得放弃。他谢过我们，打了通电话懊恼地讲了些什么后就走远了。

这场突如其来的大雪慌乱了整座城市。H说，不知道今晚该有多少人回不去家呢。

看着眼前白茫茫的世界，不知道为什么，我的心里却是格外安静。

拐过一条街，远远地看到了一家装潢还不错的咖啡店还未打烊。我俩像是获救了一样跑了进去，店门前的风铃哗啦啦地响起来。

坐下，看到菜单，我俩都吓了一跳，翻遍兜里的零钱凑在一起才勉强够买一壶最便宜的茉莉花奶茶。对于学生来说，来这种地方消费的确是一件奢侈的事儿。

这时的店里只剩一个女店长和一个正在弹钢琴的男生。女店长送来两份元宵，对我们说："今天是元宵节，又下大雪，本来以为不会有客人了，我们都准备提前打烊了。"

H对她说，今天我的生日，我们出来庆祝。
然后，她笑着对我说了句生日快乐。
这是我那天听到的第二句生日快乐。

钢琴旁的那个男生一直没有讲话，一个人自顾自地弹着即兴Jazz（爵士）。钢琴旁放着一把吉他。

我走上前去问他："我可以借来弹一下吗？"

他像是突然发现我们的样子，有点儿惊讶地问："你会弹吗？"

我说："学过一年，会弹一点儿。"

他有点高兴，连忙说："那你就坐在这里弹吧，反正又没别的客人。我已经自己弹了一晚了，这样安静的时候可是不多的。"

也不知道哪里来的勇气，我就稀里糊涂地坐在了舞台中央的高脚椅上，H赶忙在下面起哄，拿着手机给我拍照。

那个男生弹起了前奏，是C大调卡农协奏曲。女店员过来帮我把连着吉他的音响声音调大，我跟着他弹了起来。

后来，钢琴声越来越小，渐渐地变成他为我伴奏。最后的和弦按完后，H在下面吹了声口哨，喊着再来一首。那个男生给我鼓了鼓掌，连连说着弹得不错。女店长也跑来给我鼓掌，她说，继续弹吧，真好听，说完又端过来两份元宵。

我哈哈地傻笑，心里一阵阵激动。

说起来可能都不会有人相信，那是我懂事以来，第一次有人愿意为我鼓掌。虽说那样的掌声会显得有点儿廉价，但对我来说已是足够好了。

十二点时，咖啡店打烊了，我和H走了出来。

雪还在下着，纷纷扬扬。在家门前的路口和H道别后，我又回到了堆满卷子的书桌前，我对自己说着，别逃，该面对的总要面对。

一周后，积雪终于融化了，这个城市又恢复了它本来的模样。

然后，就是春天了。

高考结束后，我特意又去了趟那家咖啡店，没想到才过去短短的几个月，那家店就因为经营不善关门了。

那天，我一个人在店门口徘徊了好久后才慢慢地走开。我再也没见过那个女店长和那个弹钢琴的男生。

后来，H没有继续做飞行员，他去了澳洲，去年结了婚。今年过年的时候，我和他通了一次电话。我们聊了很久，聊到了他在澳洲的生活，聊到了大学的时候，我违背父母的意愿选择了一条与众人的期望大相径庭的路，聊到了这么多年我们各自经历的那些失败与伟大。

我们还聊到了那个大雪的夜晚。我跟他说，我还是常常会想起那晚发生过的事，想起曾经那个懦弱又胆小的自己。不过还好，最后的我们，都勇敢了。

最 的 夏
好 天

1

夏天的傍晚，一个人散步路过我高中的校门口。

正是晚课前放学的时候，校门口拥出三三两两结伴出来吃饭的男生女生，他们身上宽大的蓝色校服还是老样子，好像经过了这么多年一直都没有变过。从前我就一直不明白，为什么费尽心思特意浪费一节自习课的时间去排队量身高肩宽裤长，发下来的校服却永远是夸张地大出来两个尺码。对于这个疑问，K 给过我一个算是合情合理的答案，他说，要是剪裁完全合身，那不把我们这些少男少女的美好身材全展现出来了吗，这样校园恋爱发生的概率会很高的，那还了得？

我买了一杯梅子绿茶，还是在从前的那家小店，味道却比当年差了好多，也可能是我变得挑剔了吧。还记得上学的时候，我和 K 最喜欢喝这家店的梅子绿茶。我们常常趁着课间十分钟从高中楼一路小跑下来，穿过操场和林荫路，再使劲儿敲两下侧门围栏的铁栏杆，饮料店的老板就会从围栏之间探出半个脑袋，收过递来的五块钱，递出两杯冰镇的梅子绿茶。我俩总会迫不及待地喝上两大口，一整个胸腔便会瞬间弥漫着那种翠绿色的凉意，再心满意足地跑回去上课。

记得那时的 K 说，奔跑后在校服上留下的汗味很夏天，梅子绿茶的味道很夏天，篮球场两边叽叽喳喳的啦啦队也很夏天。我说，周杰伦很夏天，雀巢咖啡很夏天，高三（一）班的那几台破风扇也很夏天。

关于高三那年夏天的一切，现在想起来都还是熟悉的。

空气中的热度渐渐退去，最后一点儿光线终于消失在远处的高楼大厦之间，夜幕降临了。我把喝了一半的饮料随手扔进了路边的垃圾箱，连同关于那个夏天关于梅子绿茶的美好回忆。

我突然有那么点儿失落。

2

高二下学期的最后一天，我们年级搬到了高中楼的顶楼。

好像是一次大规模的迁徙，搬家的那天，我觉得好像天都要塌了。可事实是，除了黑板的右下角多了一个高考倒计时的记数表，新的教室并没有其他的变化。

K 在后面捅了捅我，他的座位在我后面，我回过头去，他懒洋洋地对我说：

好不真实啊，我们真的就这样上高三了吗？

我说：嗯，可能就是吧。

窗外是 7 月仲夏，强烈的日光透过层层树叶落在书桌上，留下明晃晃的影子。没有风声，没有蝉鸣。

从那天开始，教室里就被一种莫名其妙的愁云笼罩着。

无数的习题，无数的试卷，无数的唉声叹气，无数的速溶咖啡。

那一阵子我总是处于一种瞌睡的状态，通常早自习上到一半便坚持不住了，直接倒头大睡到第一节语文课下课，迷迷糊糊地醒来后转过头从 K 的桌子上抓过来一包咖啡，去讲台边的饮水机里接大半杯温水把它冲掉，再把杯子放到窗台边，等它稍微凉一点儿再喝下去。

那时候我们都还没有喝过星巴克，最盛行的就是雀巢的速溶咖啡。不知道为什么，我总是觉得方块包装袋雀巢咖啡要比条状包装的好喝，还认真地拿过两个杯子分别冲了两杯，喝来比较。K 对我的这种举动翻了个白眼，只说了两个字：无聊。

学校里已经有很多借读生早早地就放弃了高考，选择了走较容易的艺考路线，他们每天来上学也仅仅是为了混个文化课成绩的及格。看着他们每天背着个画筒来学校，下午再去参加艺术类培训班，我心里是很羡慕的，可还总是摆出一副很不屑一顾的架势跟别人说，你看他们的样子，哪里像是真正热爱画画的人啊，还不是为了逃避高考吗。

3

但是事实上，我连逃避的勇气都没有。

经常会在班主任的物理课上稀里糊涂地被叫起来回答问题，傻傻地站了半天也答不出来。K总会在这时候伸出援手，在后面小声地告诉我正确答案，我再支支吾吾地复述出来蒙混过关。每次班主任老师都会皱着眉头盯着我看上几秒，看得我满脸通红才让我坐下。

她总会紧接着说，我是不会放弃你们任何人的，关键是你们也一定不要放弃自己。

不过我是真的无数次想过要放弃，在每一场小考旁边的同学都在飞快地答题而我面对那些看似熟悉的题目却写不出一个公式时，在每一次面对惨不忍睹的成绩单时，在每一个毫无新意反反复复重复的日与夜交替的边际时。

一个下午，也不知道是抽了什么风，我逃了整堂自习课，一个人跑到校门口的理发店烫了个鬈发。

理发师问我要烫成什么样子，我和他说，随便，只要看上去和现在完全不一样就好。说真的，他的技术和审美真的是不怎么样。可当我重新看着镜子里自己奇怪的发型时，却突然开心地笑了出来。

好像是终于鼓起勇气完成了一次蓄谋已久的逆行。我心里明白，学校不会因为这一点点小事儿对一个即将参加高考的高三学生怎么的。

我装作若无其事地回到教室，班主任显然是对我这个莫名其妙的发型吃了一惊，她把我叫到班级门口语重心长地教育了半个钟头，最后叹了口气说，其实你真不算是个安分的好学生，但是你又不甘心去做个彻彻底底的坏学生。

我突然想起 K 经常对我说的话，他说，你总是这个样子，很多时候我都替你感到不快乐。

最后一个学期开学的第一天，校长在小礼堂给我们所有备战高考的老师和学生召开了一次别开生面的大会，还邀请了许多外来"嘉宾"。说是嘉宾，其实就是历届金榜题名为校争光的骄子，有考上北大的，还有几个人大和复旦的。校长特意叫他们过来给我们这些学弟学妹分享高考心得。那时候，距离高考只有一百多天了。

4

我坐在看台下面，跟旁边的 K 说："明年的这个时候，你应该也会在台上道貌岸然地讲话吧？"不出意外的话，他应该是我们这届的榜首。

"嗯，到时候我一定好好准备准备，说一些和别人都不一样的，比如'梦想是什么'，怎样？"他打趣道，学着白岩松说话的语调。我俩在看台下面笑成一团。

梦想，对于那时的我们来说一直都在，只是每次想起它，总是会很小心，好像稍有差池，就成了众目睽睽的罪犯，会被击毙。

"你想过要考哪个大学吗？"过了好一会儿，他又问我。
"我对上什么大学倒是无所谓，只要随随便便考上个本科对家里有个交代就好了，我对自己的将来是另有打算的。"

我想起一天晚饭后，爸妈问我高考志愿的事情，他们说，你就老老实实地去读个本科，千万别给我惹祸，只要你听话，毕业后的工作我会帮你想办法。

他们还是想要控制我，我偏不要，以后的路该怎么走，我一定要自己做决定。我恨恨地想着。

　　"其实我经常会觉得，你跟我不一样。" K 说。

　　"废话！你是全班第一名，我是全班第几十名，当然不一样。"我瞥了他一眼，没好气地回他。

　　"不是，不是，我也形容不好那种感觉。但每次冒出这样的想法，都会有一点儿羡慕你。"

　　"你羡慕我？"我感到很诧异，因为从我和 K 认识的第一天起，每次面对他，我都会很自卑。

　　"你会画画会弹琴，会那么多我根本都不了解的东西。可我呢，我只会学习只会考试。如果考试那天我发挥不好我该怎么办？如果有个三长两短我上不了名牌大学该怎么办？"说着说着，他慢慢地低下了头。

　　"不会的，你一定会考上你理想中的学校的，我坚信。"

　　我从来没有想过，原来像 K 这样的好学生也会有这样的烦恼。我突然发现，原来那时的我们是那么相似，都有着细数不尽的过去、忧心忡忡的现在和模糊不清的将来。

5

　　电影《女朋友·男朋友》里有一个片段，阿仁趴在美宝的耳边缓缓地对她说着："喂，不要怕，我们从来没有这样的机会，搭上就翻身了。你先睡，睡一觉起来，台湾就不一样了，我们就都自由了。"

　　看到这里的时候，我莫名其妙地有点激动。

　　当我无数次回想起那些荒芜的日日夜夜，好像唯一让我撑下来的动力就是

K 对我说过的那句：我们就都自由了。

那是二模考试结束后的一个晚上，我和 K 坐在操场的篮球架下面。记忆中是刚刚下过一场小雨，操场上的雨水还没有散去，路灯照在上面留下星星点点的光，很美。可我的心里十分低落，我想起我妈看完二模成绩单后无奈地对我说的那句话："我怎么会生出你这么个不争气的死孩子！"这句话我真是从小听到大，有的时候真恨不得自己是个农民家庭出身的孩子，考上个重点高中全家都会烧香拜佛。可事实是，比起家里那些学历辉煌的长辈，我是真的很不争气。我很想告诉她，我也没有办法，我也不想这样的。

我跟身旁的他说："我好像真的快撑不下去了。"我的声音像是就快要哭出来了。

"再坚持一下吧，等这个夏天过去就好了，我们就都自由了。"

就在这之前几天，K 跟学校请了个病假，瞒着家里偷偷去了次北京。他回来后跟我说，当他走进 × 大校门的一瞬间就有种很奇妙的感觉，好像从没有觉得梦想离自己是如此之近。他是一定要考上 × 大的，无论多么艰难。

K 笃定地说着，像是同时在对自己许诺一样。我转过头去看他，他微微皱着眉头，目光炯炯。

在那段时光里，我们都需要一个幻想，让自己坚定。

高考的前一天下午，我和K一起去看了考场。回家的路上，他突然神经兮兮地说："等考完试，我们一起去学校天台把那些试卷扔了吧，就像电影里一样，一定很酷，然后我们再找几个同学一起玩儿个通宵。"

我说："好啊，一定要好好庆祝一下，庆祝我们终于解放了。"

然后K就笑了，笑得那么明朗、那么自信。他使劲儿蹬了两下自行车赶到了我的前面，突然张开手臂举过头顶大声喊了一句："我们终于自由了！"

像是终于站在了这个夏天的分界线上，前方是一片广阔的新天地，梦想高远却又伸手可及。

我看着面前的K兴奋的样子，突然发现这么多个日日夜夜的苦守和等待都是值得的。有那么一瞬间，我仿佛看到了海。

最后一门考试的结束铃响之后，我深吸了一口气，慢慢地收拾东西走出考场。我在门口看到了K，他的样子有点儿恍惚。

"考得怎么样？"我小心地问他。
"我，把英语考砸了。"他的声音有些发抖。
"我该怎么办？"他反复念叨着，没有理会我，转身走掉了。我看着他的背影渐渐消失在热闹的人流中，心里有说不出来的难过。

K，那天你走之后，我一个人骑车回家，就像每一个晚自习下课后那样，那种感觉真的太平常了，平常到让人失望。当我终于走出了那扇门，我并没有感受到一丝一毫的自由。有的，只是寂寞。

7

那个夏天过去后，K 去复读了。而我，读大学继续留在沈阳，日子如水般平淡。

大一的时候，我收到 K 从南京邮来的信，他在信里面说："这段日子，我过得无比心安，我相信我的选择是对的，无论结局如何，我都会勇敢地去面对。"

我好像看到了一个画面。画面里依旧是艳阳高照的中午，K 伏在课桌上，一只手托着下巴，另一只手不停地在卷子上沙沙地写着，他正在重复着我们共同经历过的夏天。

"我终于明白，其实我们的梦想早就已经静悄悄地绽放了，就在那个潦草的夏天，在那个无人造访的荒野上。我们一直就是自由的。"信的最后，他这样写着。

很多年很多年以后，我成了一名摄影师，我背着相机去过了很多很多的地方，拍下了很多很多美丽的风景。我发现，原来自由从不是无所顾忌地逃离或远行，就像 K 说的那样，真正的自由只是埋藏在心中的一种信念，它不断地提醒着我们，要勇敢地面对生活。

我突然很怀念那个沉闷且冗长的夏天，K，你是不是也一样呢？

野孩子

1　　一个人去星巴克买了杯外带的咖啡，然后坐在车里边喝咖啡边发呆。那天是 12 月 31 日，距离新的一年，还有不到四个钟头。

正在我准备回家时，旁边开过去一辆红色车子，车窗摇下一半，我听到里面传来的歌，心跳像是突然漏了半拍，等回过劲儿来，匆忙发动车子去追赶。可还是太迟了，我眼睁睁看着它消失在前方川流不息的车流中。

我想起了林遥。我隐约觉得，刚才车里的人或许就是她。但转念一想，这种可能性极小，她现在应该在遥远的太平洋彼岸。

"情愿获得你的尊敬，承受太高傲的罪名，挤得进你臂弯，如情怀渐冷，未算孤苦也伶仃。"

那首歌，是杨千嬅的《野孩子》，是林遥最喜欢的歌。

第一次见林遥，是在朋友的生日派对上。

那天到场的人很多，KTV 里灯光昏暗烟雾缭绕。我是最后一个到的，错过了互相介绍认识的过程。在座的一群人中我没有几个相熟的，也比较不擅长主动和不熟的人示好，只好一个人坐在角落里喝酒。其实我一直有点儿抵触"朋友的朋友就是朋友"这个观点，平时习惯了独来独往，也不觉得这样很尴尬。

当晚的气氛很高涨，大家频频举杯祝酒，主人酒过三巡之后醉倒在沙发一旁。男生们开始相拥嘶吼着信乐团的《死了都要爱》《春天里》等不需深情只需嗓门儿的高歌，女生们唱的无非就是《亲爱的，那不是爱情》《日不落》等KTV 标配曲目。我一直觉得这些歌是很神奇的，再五音不全的人也不会唱得多难听，欢快激昂，互动性很强，适合暖场。只是我十分不喜欢。

慢慢地我有些坐不住了，正在想找一个合适的理由跟朋友说先走一步你们玩儿得开心。这时，有一个女生唱了首杨千嬅的《野孩子》。前奏开始，我微微惊讶，我是一直很中意港乐的，无奈身边的朋友跟我在这点上趣味相投的少之又少。

她的声音是属于我很中意的类型，干净清亮，假音处理得细腻又轻柔，像暖冬里明亮的路灯下的落雪。我忍不住侧目打量她，她个子不高，整个人小小的，屋里的灯光从头顶打下来让我看不清她的模样。这样的歌在这样的场合里唱起来的确不讨喜，其余的人仍旧大声谈笑，碰杯，哗啦啦地玩儿色子，她并不在意，只管自顾自地投入。

我想吸引她的注意，所以故意点了一首杨千嬅的歌，是郑中基翻唱的版本，《可惜我是水瓶座》。唱得真是不太好，不过没关系，因为我用余光发现她向我这边看了过来，然后拿起了另外一支麦克风。

我与林遥的交集便从那天开始。

相处了一段时间后，我发现林遥这个人表面上看上去很随和，但是这种随和的背后却是对所有事情都不去在意的一种冷漠。

比如我和她一起去吃饭，永远是我来点菜，点菜对我来说是件难事儿，但是她硬生生地把这种主动权交给我，她觉得能吃饱就是好的，味道不重要。比如我和她一起去看电影，散场后我总会激动地发表一些褒贬不一的评价，她却每次都淡淡地说还好、还行。比如我曾故意说一些刻薄的话攻击她喜欢的作家，她也不去维护，继续该干吗干吗，全然一副与我无关的架势，生气这两个字在她身上发生的概率极低。比如我精挑细选送她的礼物，她永远是淡淡地笑笑，再说声谢谢，从来不会问我是什么礼物，不会当着我的面打开，更不会露出惊喜的表情。比如她很少主动联系任何朋友，当然这也包括我，但是朋友约她她也不拒绝，她不怕一个人独处会孤单，也不怕人多了热闹过头了就变得吵闹。

我发现她对特别喜欢的人和事也仅仅投入百分之三十的热情，我不确定我在不在她那百分之三十的范围之内。

其实，我都不确定她究竟有没有在心底把我当作朋友。因为这种不确定，我的确有过一点点的恼火。

刚开始，我们的聊天基本围绕着港乐，聊聊我喜欢的林夕、她喜欢的黄伟文。渐渐熟悉后，聊天内容慢慢变成各自的感情经历。

林遥跟我说她那几次无疾而终的恋爱经历。大学的时候，一个学长追了她很久，她也觉得他还行，两个人就在一起了，电影逛街牵手，过程跟所有恋爱时的情侣一样。可是不到半年就分手了，原因是学长觉得林遥不够喜欢他。他跟同班女生一起自习被她看见她也不吃醋，约会迟到她也不生气撒娇，情人节送玫瑰花给她她也不激动，包括每一次接吻都是男方主动的。后来的几次恋爱，分手的理由也都惊人地相似，男方都觉得林遥不在乎自己，均主动提分手。

管得严了说不给自由，完全不管又说对方不在乎自己，恋爱还真是一个需要高超技巧才能攻克的难题。

"那你难过吗？"我问她。
"其实也还好，觉得自己本应该很难过的，事实却是一点儿也不难过。"她平淡地说。

那天，我第一次听到林遥讲起了她童年的过往。她说这些是她从来没跟别人提起过的秘密，我忽然就觉得很感动，她愿意和我分享她的秘密，可能已经在心里把我当作好朋友了吧。

"我初中的时候，我爸爸就车祸去世了，我当时整个人都傻了。家里的亲戚忙前忙后地张罗着，顾不上管我，我看着他们在我眼前晃来晃去，就好像是没有声音的皮影戏一样。很奇怪，直到他下葬的那天，我都没有流一滴泪，是太难过了，只顾着心痛顾不上流泪了。等回家的时候，看到爸爸用过的太师椅还在，大茶壶还在，他用过的所有东西都在，只是，这个人不在了。那时候我才哭了出来。

"我把自己关在房间里整整哭了三天，哭着哭着就睡了，醒了继续哭，哭累了又会沉睡过去。梦里全是爸爸的脸。我梦到小时候我骑在他的脖子上去动物园看大象，我吵着要吃棉花糖，他说小孩子吃这个不好。

"你猜怎么着，这个梦醒来之后，我做的第一件事情就是跑下楼去买了一个棉花糖，一边吃一边继续流眼泪，然后又买了第二个、第三个……我就在那个棉花糖车旁边一直待到太阳下山。我一遍一遍对自己说：林遥，从今往后，你一定要勇敢。"

在我的印象里，林遥一直就是一个勇敢的人，但是她勇敢的方式跟别人不一样。别人是在伤害中学坚强，受的伤多了，待伤口结痂，里三层外三层地包裹周身，成了金刚不坏的盔甲。而她呢，却是一贯地不期待不争取不幻想不主动，这样的她何谈容易受到伤害，根本就是刀枪不入。

"喜欢的玩偶，它总会有坏的一天。喜欢的植物，它一定会枯萎。喜欢的偶像，他也总会老。喜欢的人，也是注定会离开你。我从小就学会了如何避免受伤，最直接的方式就是不走心。

"这是我保护自己的方式，而且我也已经习惯了这种方式。"她笃定地说着。

"其实你也并不是对所有的事物都不接受，至少你现在接受了我，愿意相信我并且把这些故事讲给我听。"我对她说。

她看着我，眼神里尽是说不清道不明的哀愁。

"我愿意接受你，是因为你对我来说是无害的。亲密时不过聊聊天喝喝茶，疏远了不过一拍两散，天各一方。这样的你，伤不到我。"

她说完这句话的那一刻，我真的愿意在心里为她的这种坦诚鼓掌，这样不加任何掩盖的坦诚确实需要十二分的勇气。但我也是着实难过了起来，她说我是个无害的人，这句话或许也意味着我对她来说不那么重要，是个可有可无的角色，即便某天在茫茫人海中走散了，也不过是个转身就会忘记的路人甲。

多么可笑，因为她的坦诚，我好像终于可以同她成为真正的朋友；也是因这种坦诚，我们之间有了一道深不见底的鸿沟，让我们还来不及亲密就已经开始变得陌生。

5

那之后的好一阵子，我都没有再主动联系过林遥，或许是刻意疏远了。直到有一天，我在 QQ 上收到她的留言。

"我也不清楚那天为什么要同你说那样的话，这几天我都很后悔。那句话的意思其实就是我对友情的看法而已，你不要误会，我很怕因为这个误会我们就做不成朋友了。"

我心想着，还真是千年铁树开了花。

其实哪里有什么误会，不过是我单方面觉得我一厢情愿的付出换来的不是同等分量的回报，而是一个"无害的人"，对这样的评价有点儿不甘心罢了。

对于友情，她的观点倒是有种君子之交淡如水般的豁达。相比之下，对情感的付出，我是那么吝啬又自私，希望等价交换，希望势均力敌。错的是我不是她。

"如果可以，真希望我们能是一辈子的朋友。" 2008 年的林遥，在留言最后这样对我说。

那时候我真的相信了，相信到走火入魔，忘记了这句话的开头还有"如果"两个字。也或许是我被"一辈子的朋友"这样美好的字眼迷惑了，我开始奢望在她心里我是特别的、是不可替代的，如果有人可以真正走进她的内心，那么那个人一定就是我，不会是别人，也不可以是别人。

其实人海中所有的相遇不过是为了短暂的相伴，没人愿意陪你到天涯。当我真正明白这个道理的时候，我和林遥的关系已经像她说的那样"一拍两散，天各一方"了。

我并没有像她说的那样，是一个无害的人。

6

杨明的出现，让我们的关系曾一度亲近得像是拆不散的密友。后来我也曾自私地以为，就是因为他，才让我和林遥在最后成了真正的陌路人。

杨明是我大学时期最好的朋友，他和我不一样，他是个大大咧咧的开朗男孩。他为人直爽，心里有话从来不藏着掖着。朋友之间闹了小别扭，每次只要他一出现，都会圆满地化干戈为玉帛。他从小人缘儿就好，朋友也多，有他在的地方永远有笑闹声，再尴尬的局也不会冷场。他成了我们这个三人组合中的开心果，他的加入让我们的友谊快速升温。

　　那真是一段太开心的时光了，之后每每想起，总会心有余温。可往往很多故事中不断重复出现的欢快画面，都只是为了铺垫本不该发生的那些"后来"。

　　在大四那年，我去了北京。在北京工作的那些日子里，每天都很忙，渐渐地跟他们的联系越来越少了。时不时还是会在校内网里看到一些林遥和杨明的合照，一起唱歌的一起吃饭的一起滑雪的一起庆生的，全都是一副相见恨晚、亲密无间的架势。画面里少了我，反倒多了种暧昧的和谐。

　　后来，他们俩顺其自然地在一起了。

　　林遥说，她是个太安静的人，她需要一个像杨明这样的男朋友在身边整天叽里呱啦的，以至于生活不会太闷。最重要的是，杨明从不计较在这段恋爱中扮演主动付出的这一方，也不会去计较谁爱得多一点儿，谁又爱得少一点儿。

　　我们这段短暂的三人友谊最终还是免不了落入俗套，不过也算是皆大欢喜。

看着我的两个好朋友手牵手肩并肩去相亲相爱了，我却突然感觉有一点儿寂寞。我知道我应该离场了。

7

去北京后的第一个春节回家，杨明开车去车站接我。北方冬天的风冷得刺骨，可是他只穿了件毛衣，脸上堆积着满满的喜悦。恋爱中的男人果然扛冻。

他打开车里的音响放音乐，一看到菜单里的那些文件名，我就知道那些歌一定是林遥帮他存的。林遥有个特别的习惯，别人都是按照歌手姓名来排列MP3里的文件夹，她却是按照词作者。林夕、黄伟文、周耀辉等等。认识她以后，我也养成了这样的习惯，并且延续至今。

之后我们自然而然地聊起了他和林遥的近况，那时候他们已经在一起整整一年了。杨明说着一年来他们交往过程中的林林总总，时不时还会兴奋地笑笑。我坐在旁边听他讲着这些，嘴里念叨着真好真好，心里却不知道为什么，有点儿酸酸的。

就好像是橱窗里好看的限量版玩具，你知道它不属于你，但是每次路过都能看看还是蛮开心的。可是有一天这个玩具却被你身边的朋友买走了，整天爱不释手地带在身边，又整天向你炫耀它有多么漂亮多么好，你心里总会有一点儿不爽。

大年初七那天，杨明到我家楼下接我，让我陪他一起去林遥家拜年。

"你自己去就好了啊，顺便提前见见家长，带上我算什么。"
"我自己去肯定紧张啊，你一起去性质就不一样了，不过就是朋友之间礼貌性地互相串串门。"

"我不去，我什么都没准备，总不能空手去人家吧。"我其实挺不开心的，表示不想去。

"我准备了一堆呢，都在后备厢里。唉，也不知道我未来的岳父喜欢什么烟什么酒，就随便在家里拿了一些，还有一些给我未来岳母的营养品。到时候咱俩分着提进去，就算是咱俩一起买的就行了。"杨明在一旁兴奋地说。

"林遥家是单亲，她爸爸在她初中的时候就去世了，千万别告诉我她没和你讲过。"

这句话并不是善意的，说起来虽然不痛不痒，实则暗藏了玄机。但当时的我仅仅是想着，总算是扳回了一局，你是她的男朋友又怎样，她还是有你不知道的秘密，而且，这个秘密我早就知道。

"是吗，我不知道，她没和我说过。" 杨明在一旁尴尬地皱着眉头，像是个犯了错的孩子一样。"还是下次再说吧，准备去见家长之前至少要把功课做足。"我故意责怪他。

然后我关上了车门，独自上楼回家，把杨明和车子里尴尬的空气都抛到了脑后。

就是在那天晚上，在杨明恼羞成怒的质问下，林遥平静地提出了分手，这方面我太了解林遥，她一定会决绝地放手，并且不会回头。

我发誓，如果我知道我说的那句话会造成他们感情的破裂，我是打死都不会说的。但是结局不可逆转，我是罪人，罪不可赦。

回北京的前一天晚上，我在我们仨之前经常去的一家酒吧见到了杨明，我

到的时候 桌上零零散散地堆了十多个酒瓶，他已经喝得神志不清了，头发乱糟糟的，嘴里不停地念叨着"舍不得，舍不得，我舍不得"。

杨明说，他以为两个人分开几天就没事儿了。没想到几天后，等他再去找林遥，听到的却是她决定要去美国留学的消息。他告诉我，他真的很后悔，如果那天他没有一气之下离开，如果林遥说分手他有去挽留，可能他们现在还会在一起，可能林遥就不会去美国了。

很多时候，一念之间，却已是沧海桑田。

年少的我们都以为，此去经年，岁月漫长，总会有大把的时间挽回和原谅。

8

和林遥的最后一次见面，是在 2011 年的秋天。

林遥来北京考托福，她在新光天地楼下的星巴克等我，我始终记得那天的她，换了发型，扎着马尾，举着两个大杯子，傻傻地站在咖啡店的门口等位子。远远地看到我走过来后，把两个杯子摞在一起，腾出一只手，冲我挥了挥。

说真的，那件事情之后我总是很怕见到她。她倒是很坦然，坦然得更让我觉得害怕。

那天的林遥气色很好，说的话也比往日多了许多，她坐在对面笑盈盈地看着我，好像什么都没有发生过。其实我真的希望她会说一些怨恨我的话，但是并没有，我们仅仅是像往常一样平淡无奇地聊着天，没有谈论关于她和杨明的事情，也或许是我们都在刻意地回避吧。关于他们分手的事情，长久以来都是我的一块心病，我尝试去骗自己，骗自己说如果那个人不是杨明，是除他以外的任何人，和林遥的结局可能也不过如此。但是这么想着，并没有让我有一丝一毫的宽心，反而更加觉得自己可恶又卑鄙。

"毕业后，我会留在美国。"
"哦，那很好啊。"
"你还有什么话要对我说吗？"
"嗯，祝你一切顺利，保持联系。"
"这样的道别也太客套了吧。"
"现在一时想不起来，想起来再和你说，又不是以后见不到了。"
"那么，再见了。"
"再见，多保重。"

然后我送她去坐地铁。我并不知道，那一面，真的就是告别了。

那句藏在心底已久的对不起，到了最后，还是没有说出口。

9

回忆至此，记忆的阀门像是生锈了，一旦被开启，水势汹涌，防不胜防。

从林遥离开后算起，差不多已经过去两年了。她去了美国后，就像人间蒸发了一样，我努力尝试过用各种办法联络她，但到最后，无一例外都是失望的。

回到家，我给杨明打了一通电话，提前道了声新年快乐。在通话结尾我跟他说，刚才我在一个过路人的车里听到了那首《野孩子》，突然就想起了林遥。杨明在电话的另一边沉默了片刻，然后对我说，都过去了。

其实我有一肚子的话想对他说，可他说的那句"都过去了"，让我把那些话硬生生地咽到了肚子里。

可能今日的我们，早就不需要理解和宽慰了吧。

那晚，我在网上看了黄伟文的作品展演唱会，看到了怀孕的杨千嬅挺个大肚子站在台上笑靥如花地唱着歌，看到了台下阵阵呼喊，看到了胖胖的黄伟文穿着紫色的西服推着紫色的婴儿车走上台，看到了他们恩怨多年后的世纪拥抱。真高兴，他们终于言归于好。

我们每个人都背负着曾经犯过的错误活着，我们必须学习跟自己最不堪的那部分相处。我对自己说。

看看时间，早已经过了十二点。新的一年就这样在我漫无目的的回忆中到来了，谁知道明年，又会是怎样的一个春夏秋冬呢？

情
书

"嘿，好久不见。" 我轻轻地读出声音，好像你就在我身旁一样。

其实如果面对面，我很难自然地对你道声问候。那些故作深沉或假装潇洒的小心思，在你面前总会不攻自破。

长久以来我对你那些监守自盗般的情感，终于有勇气在这里一五一十地坦白出来。不过还好，你应该是看不到的。

记得那次在飞机场接你，你戴着毛茸茸的帽子，着装实在与人流格格不入，步伐似乎也有一点点小心翼翼，像是一只来自马戏团的惊慌的兔子。

"哎呀，最近吃得好多，胖了好多，但是刚刚在飞机上还是不自觉地把赠送的餐点全都吃了呢。本来是想只吃一个意面的，但吃完后又觉得那个小蛋糕包装得那么可爱，我如果不吃，它的下场就是还没遇见空气就被丢进垃圾桶了，多可怜。还有那些小番茄……" 我转脸看着你孩子般自顾自地说话，不小心笑出声来，你像是突然察觉到了什么一样转过脸，然后笑得脸上泛起潮红。你稍微用力点儿讲话都是会脸红的。

你说，其实你是生在北方的，小时候和外婆生活在一起，直到大了些，才搬去南方。最近听说外婆病重，趁着还能见上几面，就赶了回来。老人记性是越来越不好，差一点儿就认不出你。讲到这里，你掉下了眼泪。后来，你一个相处了多年的老朋友跟我说，和你认识了这么久，从没见过你在人前掉过眼泪。仅仅是因为这样，我便曾天真地以为，我对于你，可能也是某种意义上的特别吧。

那只被你一次又一次提起的猫呢，她还好吗？第一次你给我看她的照片的时候，我并没有觉得她好看，只是一只再普通不过的小猫，甚至是有点点难看的。直到有一次你对我说，那是一只被你收养的流浪猫，她是很爱你的，只是不善于表达罢了。你说你养了那么多的小动物，但还是在心里对自己说一定要最爱她，你不敢对别的动物太好，因为如果她看到了一定会难过的。你说完这些后，每每再看到那只猫，总觉得她开始变得好看了。多么可笑的爱屋及乌。

记得那天从餐厅走出来，外面下起了小雨。你从包里拿出一把黑色的雨伞，那把伞真的是太小了，不够遮住我们两个人。挪了挪身，我们都靠近了对方一些，近似半拥着，那可能是我们之间离得最近的一次了。沿着中心街道步行了半个钟头，断断续续地聊着天，说起种种并不如意的当下，都不胜唏嘘。我们都不是乐观的人，可还是想出了很多漂亮的话给对方打气。那晚的雨不大，我们慢慢走过了几条小街，雨水沿着伞沿滑落下来，淋湿了我俩的肩膀。

上次道别后，我曾经无数次设想过，要用一个什么样的姿态再出现在你面前。修整好的短发，衬衫，长风衣……就不要抽烟了吧，你不喜欢烟味。是该笑着说句好久不见呢，还是沉默不语点头就好。偷偷跟你讲吧，其实我后来独自去过南京路的那家酒吧，门口那个兜售玫瑰花的阿姨还在，当然她一定不会记得我的，包括她随口开过的玩笑。我买下一支，随手送给了一个身边的过路人，就当是弥补那个晚上缺少的勇气吧。

好像一直以来，关于喜欢你这件事儿，都只是我一个人的秘密。

现在是凌晨四点，我喝光了五罐啤酒，抽完了半包烟，写下这些不成文的句子。

闭上眼，我仿佛又看到了那条路，你开车送我时经过的马路。午夜的时候，马路上空荡荡的，只剩下霓虹灯闪着星星点点的光，两旁的梧桐树排成排，枝叶还没长出新芽，全是寂寞的样子。你说每天夜里开车回家都会经过这里，常常会觉得这条路很美，我奇怪地问你为什么，你摇了摇头没有回答。手机铃声在这时突兀地响起来，你微笑着接起来，听筒的那一头说着：嗯，就快回去了，你先睡，别等我。

像是一眨眼，我们之间，就已看到了结局。

过去了那么久，那些灯火仍会在闭上眼想起你时在我的脑海中闪烁个不停。橙色的光点随着汽车前进的速度在眼中连成线，直到化成我心底，最绵长的思念。

给
你
的
海

1

　　我和 K 曾有过一个约定。我们约好了，高考之后的假期，一定要一起去一次海边。

2

　　在那之前我们都没见过海，有关大海的记忆全部来自电影和照片。那时，我非常喜欢吕克·贝松的电影《碧海蓝天》，曾翻来覆去地看过许多遍，满眼都是挥之不去的让人沉醉的蓝色。

　　大一那年的国庆长假，我决定要去看看海。简单的一个双肩包，揣着偷偷攒了一阵子的零用钱，买了一张客车票，一个人出发了。

　　在车上我给 K 发了一条短信，对他说，我决定一个人去看海了，不等你了。

那时的他正在另一个城市复读。他回短信对我说：现在，我的窗外好像也是看得到海的。我看着他发来的彩信图片，是他拍的教室窗外的景色，一大片云彩分割着蓝天，粗略一看，真的就好像海面一样。

到站的时候已是晚上，我在路边拦了辆计程车后就匆忙往旅店赶。房间是朋友帮我订的，在半山腰。司机和我说，我去的地方离海边不远，如果是晴天的话，往南边望过去，是可以看见海的。我问他，那可以看到日出吗？他说，最近的天气不是很好，可能是看不到的。我说哦。有一点点失望。他问我，你是学生吧，一个人来玩儿吗？我说是，我来看看海。他说，海有什么稀奇的，还不就是那个样子。我笑了笑，没回答。

旅店的房间很小，是属于那种私人营业的旅店，价格便宜，陈设虽简陋，却都是很干净的。我把行李一件件从包里拿出来放好，相机、本子、简单的换洗衣服。所有的动作都是郑重其事的，好像这样才能显得这次旅行意义重大。打开电视，随便拨到一个频道让房间里不至于安静得吓人。然后躺在床上给 K 发短信：我到了，明天终于可以看到海了。

可能是激动过头加上有点儿认床，一晚上翻来覆去的，醒来又睡去，断断续续做着重复的梦，直到快中午的时候才勉强爬起来。打开窗子，发现昨晚悄悄下过了一场小雨，空气中带着泥土的味道，山下的景色被藏在厚厚的一层雾气中。

公交车沿着山路向海边驶去，路边零零散散看得见一些兜售海鲜的渔民。慢慢地，可以听到海浪的声音一阵阵传来，厚重又庄严。我对着车窗外，深深地吸了一口气。

K，我第一次看到的海真的让我有点儿失望了，它真的跟我想象中的不一样。天是灰色的，没有云，海也是乌乌的一片。远方只看得到蒙蒙的雾气，没有金黄色的沙滩，岸边却有的是凌乱的礁石。偶尔会有一两只海鸟飞来又快速地飞走，它们都不曾留恋这片海。

K，我们曾经都向往远方，像少年对自由本能般的渴望一样。可如果早知远方是如此平常，当初心里的执念，便不会这般坚定了吧。我猜你一定会说，人活一世走这样一遭，执念和愿望还是要有的。

可能，愿望的美好之处只在于期待着它被实现的过程，一旦真的实现了，也就不过是平凡事儿了。

我在这片海的面前站了很久，直到日头下山，海上的渔船收网归航。十月的海风吹得人阵阵发冷，我打了个寒战，紧了紧衣服。目光隔着海望向对岸，雾气还没散去，只是漆黑一片的夜，看不到一点儿星火。

3

K，我成了一名摄影师。说起这个过程，我都是觉得莫名其妙的。

上学的时候，我们曾经都谈过对未来的期许。你说你想做一个旅行杂志的编辑，云游四海，给读者们介绍国内外的名胜古迹和特色美食。我说我想做一个吉他手，背着吉他浪迹天涯，然后等老了去南方开一家小旅馆，好酒好肉地招待过路人。都是少年时期浪漫并且不着边际的臆想罢了，说出来的当时，谁也没想过真的要去实现它们。

记得我的摄影作品第一次登上了杂志，我在报刊亭旁边打电话给你。电话接通，在这头我已经激动得语无伦次了。你反复地在那边说着，喂，喂，重说一遍，我没听明白。真的是很久都没有这么开心过了，只想第一个打给你，告诉你我的小自豪。那天，我对你说，我要做一名摄影师。这句话我说得是很坚定的。

也有很多不如意的时候啦，比如第一次拿自己满意的作品去参加摄影比赛，却是名落孙山。知道结果的那晚，我的心情真是糟糕透了。我想起我小时候看过的一个童话故事，里面说，天上的星星其实就是地上人们的梦想，梦想越坚

陪 蓝

49

定，那颗星星就会越亮。如果看到流星出现，就说明有人的梦想落空了。刚好那晚，北京是阴天，天上空落落的，看不到一颗星星。

K，这几年发生了好多事情，好的坏的，林林总总，无从细数。它们都对我造成了不可逆的改变，坚持的信仰也曾被揉碎撒了一地，却又只能一片片拾起，粘在身上当成盔甲。想起我们小时候听过的一首歌，里面唱得好，真的没人是生来就勇敢的，不过是一次次在失败中学坚强。

K，你还记得吗，上学的时候，你每次都会用那种很厚实的白纸把新发的课本包得整整齐齐的，你用过一整个学期后的书还都是很新的。一次我借用你的物理课本，不小心打开了书皮，那本书的封面上，你用墨水笔大大地写着：迎难而上，去做传奇。

而如今的你，成为传奇了吗？

因为职业的原因，我会经常在各个城市间飞来飞去。还是喜欢海的，有海的城市我都会去住上几日，厦门、威海、大连、青岛、海口、三亚。每次见到不同的海，都会拍张照片发给 K 看，就像是某种约定一样。一次他问我，现在见到海，还会激动吗？我说，见得多了，真的也就平常了。

到三亚的当晚，可能是因为气候不适应，夜里睡到一半，头疼加上冒虚汗，或许是感冒了，只好勉强爬起来下楼去买药。深夜两点，热闹的东海附近也少了白天里的喧哗，整条街静悄悄的。往前走了一百来米，很庆幸，街角的一家超市还开着，门口的水果摊前围着三五个人边嚼着槟榔边打牌，他们的口音听起来像是北方人。买好药，想随便捎上几个杧果，老板却跟我说，看我的样子像是热伤风，应该吃一些寒性的水果，便换了些别的，都是北方见不到的水果，大部分我都叫不出名字来。

我来的这几天，刚好是台风离开不久，海边的栅栏被刮得东倒西歪的。听当地的人说，这里一年里要刮好几次台风，他们已经习惯了。晴天的时候，沙滩上的游客会格外多。我几乎每天都会去旅店楼下的水果摊买水果，老板已经跟我有几分熟。他跟我讲，因为台风的原因，这两天水果都会有点儿贵，平常是很便宜的。我很惊讶，因为我觉得已经足够便宜了，这里四块钱就能买一个很大的椰子，足够一个人喝到饱。

　　白天，去海鲜市场买那种很便宜的海鲜，然后再到小饭馆里给一点儿加工费，就可以美美地吃上一餐。晚上带着两罐啤酒和一些零食去海边的躺椅上坐着，旁边的露天酒吧会开到凌晨，里面的那个驻场歌手会唱一些耳熟能详的老歌。他的嗓音厚重又沧桑，我想，他或许也是一个有故事的人吧，不然那首《漂洋过海来看你》怎么会唱得如此动听。这样的夜色下，海风和音乐都是免费的，很惬意。

　　这里的海，白天是汹涌的，而到了夜里，就变得温顺起来。月光下，海浪从远方卷来，伴着海风，一次次地起伏又被抚平，最后安静地落在沙滩上。那些海浪声传到耳朵里，显得轻柔又寂寞，就像是一声又一声平淡的道别。

　　K，不知道为什么，每次去不同的城市看到不同的海，我都会想到你。我会想着，如果你也是站在这里的，该会多好。

　　近些日子，我总会想起很多以前的事，想到眼睛发酸。那些好的不好的，多年以后再回忆起来，都变得生动了。或许是因为当下我们紧握在手中的一切永远不够深刻吧，才只好把已经逝去了的那些美好当作纪念，比如已经消失在那个夏天的潮声，还有你望向我时，带着浅笑的脸庞。

K，我曾经很想做一个很好很好的人，也真的很努力过。可是回过头来审视这走过的路，好像是失败了。

仔细想想，我们的生命里究竟有什么事物是绝对美好的呢，我曾是相信过的，现在却是不信了。因为我发现，那些好与坏，就像是超市里因赏味期限临近而被捆在一起售卖的商品，是分不开的。很多看似美好的人和事儿，光鲜亮丽在其外，斑驳裂痕在其里。阳光那么美，却也注定会附送阴影。等我终于明白这些时，面对我的那么多不好，也有那么一点儿坦然了。

我曾很渴望被爱，很用力地用近似乞讨的方式，仿佛是为了弥补少年时期的那些亏欠。K，这些年，我爱过一些人，也被一些人爱过。我曾在博客里写过这样一段话，我们总会伤害一些人，被一些人伤害，很公平。我欠你的，总会有别人在我身上讨回来，不是替你。我给你的，多年后你转手给了他人，也不是为我。就好像你我他手拉手围成了一个圆，我们的爱与恨都在里面转着圈。

K，关于爱与自由，如今想想，仿佛都是你教会我的。这么多年，源源不断地，从没有停止过。

你还记得你邮给我的那张明信片吗，我一直把它压在我的桌子下面，每次寂寞的时候都会拿出来看一看。

你在明信片的背面写着：我的眼中藏着深海，你是日夜兼程的白帆。
那些我愿意为你娓娓道来却欲言又止的心全在这些画面里了。
而你呢，又该如何了解我，如同这海面一般，寂静又辽阔的心。

南国的孩子

1

第一次跟 C 见面是 2010 年的时候，在北京的簋街。其实是星泽约他出去吃饭，顺便问我去不去。我本来是拒绝的，觉得跟他又不熟，但一听是去吃麻小儿，便连忙答应。美食当前，我很没自控力。

我跟星泽坐在油腻腻的饭桌旁，每人喝光了两瓶啤酒后，C 才不紧不慢地走进来。白 T 恤、棒球帽，很典型的南方小男生，样子跟我想象中差不多。我觉得好看的男生分两种，一种是高大挺拔棱角分明型的，一种是瘦瘦小小面目清秀型的，很显然 C 是属于后者。

值得一提的是那天他推门进来后经典的开场白。

"你知道吗，我刚刚在饭店门口捡了一百块钱，今天我请客哈，咱们可以多点几串烤鸡翅！"边说边笑，下垂的眼睛成一条缝。从天而降的一百块钱换来 C 发自内心深处的得意扬扬，畅销作家的小光环顿时在我眼前碎了一地。

我暗自在心里翻了无数个白眼，调侃他说："来来，尝尝他家的麻小儿，一会儿就用捡来的钱埋单吧，能吃出一股便宜味道。"

C 是一个作家，小我一岁却早早功成名就，出版了好几本书，靠版税和理财在多伦多和杭州各买了一套房子，人小鬼大，脑子灵得很，江湖人送外号金融小鳄。

我忘了我们究竟是因为什么熟起来的，可能是因为我太无趣，他又太有趣，综合综合，刚好是两个正常人。我看过的一部电视剧里这样讲，说两个都抢着唱歌的人是不会成为好朋友的，一个喜欢唱歌，另一个喜欢在台下为他鼓掌，这样才合拍。可能从某种意义上讲，我和 C 就是这样的吧。

跟 C 的相处总是很自在，我会常常这样想。

在北京的时候，他经常背着电脑跑来工作室陪我修图。那段时间我的经济状况有一点点拮据，晚饭经常会叫点儿沙县小吃的外卖来凑合填饱肚子，他也不嫌弃，我们两个人就围着电脑桌边吃边聊，也是其乐融融，味道一般的蒸饺都好像变得好吃了。

那段日子每天都很忙，常常会工作到深夜，收工最早的时候差不多都要十一二点。然后我们就一起去小区楼下的小酒馆坐坐，我那时候住在苹果社区，楼下有很多酒吧和咖啡馆会营业到凌晨三点。C 不喝酒，每次都会换着花样点一些奇奇怪怪的饮料。我不一样，到哪里都会点同样的酒。他说我是奇怪的人，我说再奇怪也没有水蜜桃胡萝卜汁的味道奇怪吧，我盯着他正在喝的果汁揶揄他。

我喜欢听 C 讲故事，他总有说不完的新鲜事儿。说起来也不奇怪，C 在我还在大学里昏天黑地地混日子的时候就毅然决然地退了学，当起了背包客，世界各地走。他绘声绘色地说着那些故事，激动的时候偶尔会手舞足蹈。关于东京铁塔、伊豆温泉、尼亚加拉瀑布、垦丁的海边，还有好多好多对于我来说完全陌生的事物都是听他说起来的。讲故事的 C，还是有那么一点儿帅气的。我对他说，好羡慕你啊，和你比起来，我的青春好无聊啊。他沉默了一会儿，对我说，其实他也有很多遗憾，比如没有完整的大学生活，以前的同学也都没什么联络了，有时候想想，也挺寂寞的。

3

一个小假日，我跟 C 约着一起去厦门。

我们坐在曾厝垵海边的沙滩上看日落，夕阳明晃晃的，还是有一点点刺眼。

我翻出包里的墨镜和小本子写着日记，C 在一旁突然抢过来大声读起来，然后说："哎哟，你写的都是些什么鬼东西啦，做作得要命，我捏着鼻子读完的。"
"总比你半个钟头只用美图秀秀把自己的脸 P 瘦强，大作家！"
"滚！"
"滚！"
说真的，吵架我吵不过他，但最后都是他鬼哭狼嚎地求饶，因为他打不过我。

回到酒店，电视里正播着鲁豫的访谈，讲的是一个盲人家庭积极乐观地面对生活的故事。

我坐在床上一边抽烟一边不咸不淡地跟 C 说："其实哦，幸好他们生下来就是看不到的，活了半辈子才瞎掉的那些人才可怜呢，从来不曾拥有总好过老天爷不声不响就把你最宝贵的东西夺走。"

然后我一转脸，发现 C 哭得都快抽过去了。

"有的时候我是真不懂你的点啊，看个鲁豫有约都能哭出来，也真是神奇！"我惊诧道。

"哎哟，你看他们多可怜啊，生下来就看不见，还那么勇敢，手牵手唱着明天会更好，呜呜呜，呜呜呜……"

我看着他那副样子，在一旁笑得丧心病狂。的确，这么严肃的时候不应该如此，但 C 哭得梨花带雨的样子的确太好笑了。

"我是不像你那么矫情啦，整天为一些儿女情长弄一些有的没的出来，我心里装着的可都是大情大爱！"C 举着被子的一角挡着脸，阴阳怪气地说。

"嗯嗯，是是是，就我矫情，就你是菩萨，哈哈哈。"

像这样的桥段，在我和他认识之后真是数不胜数。

从厦门回来后的某一天，C 打电话跟我说，他决定去加拿大留学了。我问他为什么，他说："总觉得这样生活下去不是办法，还是要念书的，可以一边留学一边写稿啊。我不确定我会不会一直这样写下去，总要有个别的一技之长。"我说："不会啊，我就想拍照拍一辈子，况且你这样各处旅行自由自在的生活多好啊。"他说："旅行其实是很简单的，说白了不就是玩儿吗，每天花钱吃吃喝喝还不容易？难的是安下心来踏踏实实去学习，真正让自己的人生变得更好。"

他总是很清醒，总是知道当下的自己最需要什么。

4

去年夏天，我巡拍最后一站在杭州结束，刚好赶上Ｃ放暑假回国，他打电话邀我去他家小住。

之后闲来无事的一天，我俩商量着出去走走，本想去西湖边喝喝咖啡散散步，可是从临平坐地铁到市中心差不多一个钟头，到桐乡的动车却只要十五分钟。那天临平的天气糟糕透了，我就提议说要不然我们去乌镇吧，去逛逛水乡，体验一把黄磊和刘若英的似水年华。他说好。

四点以后，游客散去，东栅就没有什么人了。我俩吃完客栈老板娘做的家常饭后，坐在客栈二楼的窗边边喝梅子酒边聊天。他说起了他在国外独自生活的那些日子。

"我去多伦多的第一个春节没有回家，在韩国城附近的公寓，跟我的室友一起过的。我那天通宵写稿，天都亮了室友才回来，带回来她打工的饭店里的炸鸡，然后我就跟她一起窝在电脑前看国内春晚的网络直播。春晚的第一个节目不都是那样吗，一群疯孩子穿那种红肚兜，中邪了一样手舞足蹈一边笑一边喊着'过年啦！'然后我跟我室友就一边吃着炸鸡一边掉眼泪，谁也没说话，谁也没哭出声，非常默契。

"后来我一个人搬到现在住的公寓，在多伦多的市中心，窗外能看到整个城市的高楼大厦，我常常会一个人坐在窗边发呆到天亮。其实一个人生活了这么久，早就习惯了寂寞，只是偶尔会想家。"

乌镇的夜晚竟像是幅水墨画。我把客栈的窗户打开来，目光停留在窗外妖娆的夜色中。Ｃ就坐在我的旁边，自顾自地讲着那些发生在多伦多的事儿。我转过头看他，他眼圈微微发红，眼神却是格外清亮。他的心里，一定是在坚定着些什么。

5

这些年，身边的人来来去去，有些是无心插柳的亲密，有些是无法挽回的疏远。剩下的老友不多，C算是一个。

一年里，我和他碰不到几次面，却还是会经常联系，了解一下彼此的现状。他一年里出版了很多本书，每本都有不错的销量。看他的微博和朋友圈，他总是在旅行。可能在外人看来，他的日子云淡风轻般自在，可我知道，他生活中的大部分时间其实是在面对电脑赶稿子中度过的。他仍是那么努力，完全没有一丝懈怠的意思。我不是一个事业心很强的人，可每次一想到C，总会不自觉地加快前进的脚步。经过那么多离散后我明白了，其实真正让彼此疏远的不是感情的淡薄，而是差异的间隔。

新年第一天的下午，我拎着从超市买的一大袋好吃的回家。路上，我发微信给C，对他说新年快乐，他消息回复得很快。我很诧异，因为时差，这时的多伦多应该是凌晨四五点。我问他怎么还没睡，他说他写了一夜的稿子，觉得写得不好，全部都删掉了。我说今天是新年啊，就不要作了，出去好吃好喝地玩儿一番。他在那边顿了顿说，他很怕这时候会想家，所以才拼命工作的，这样就不会胡思乱想了。

陪蓝
59

我抬起头，太阳正从这个城市的西边一点儿一点儿地落下，这每一次日落都是生命中的岁月有去无回的证据，锋利地美好着，又温柔地伤感着。

"你握有誓言般的梦想，即不能停止流浪。"这是C很喜欢的一首歌。

我想，字字句句，唱的就是他这样的孩子吧。

我这边的太阳落山了，而国际日期变更线的另一边，正是他的黎明。

陪你 变老

1

7月的时候，我特意回了趟北京，约草叔去看孙燕姿的演唱会。

提前两个多钟头我就开始在屋子里面拼命鼓捣自己。选上衣选裤子选鞋子，洗头发吹头发抓头发，没抓好，再重新洗……草叔在旁边使劲儿催我快一点儿，说不就是去看个演唱会吗，至于吗，又不是请你当嘉宾。我说你不懂你不懂，我一定要漂漂亮亮地去看她的演唱会，即使她看不到我，这可是关于一个脑残粉的面子问题。

我们到的时候，工体门口的路已经被堵得水泄不通。我俩跟着拥挤的人群一点点往前走，周围随处可见倒票的黄牛、兜售海报贴纸T恤等周边的小摊子。走在我们前面的是一群粉丝后援会的孩子，他们穿的文化衫上面印着燕姿灿烂无比的笑脸，手里拿着同样 logo（标志）的荧光棒，有几个还用彩色的涂鸦笔在脸上写着"LOVE YANZI"（爱燕姿）。他们在人群中放肆地笑闹着，像是相伴着奔赴一场盛大的喜宴。

"哎，看着他们，你有没有觉得年轻真好。"

"是啊，真没想到居然这么多人呢，孙燕姿还真是老少皆宜。" 草叔盯着黑压压的人群在一旁感叹。

"你说谁老呢？！"

"天哪！你干吗这么敏感，我又没说你。"

"但是你的语气明明就是在说我。"

"那好吧，我明明就是在说你。"

"……"

我俩围着场馆外走了大半圈才好不容易找到内场的入口，走进去才发现，原来内场的座位距离舞台也是很远的。我问草叔："你说咱俩的位子距离舞台有多远？应该有五十米吧？"

"我的天，你有没有点儿基本常识，这最起码有一百五十米。"

"哦，那我也终于可以跟别人说，我离孙燕姿最近的距离只有一百多米了，真好。"

我又在心里默默地想了一下，其实这个距离还是有点儿远的。我从不会说什么做人不要太贪婪现有的一切已经足够这种鸵鸟宣言，我已经在不知不觉间顺理成章地变成那种不甘于现状永不满足的人。我一定要再努力一点儿，挣更多的钱，下次买 VIP 的票，我希望能离我喜欢的人更近一些。

等待开场前的一分一秒都太过缓慢，不知道为什么我有点儿紧张，好像即将到来的是一场期待已久的约会。

我慌张地盯着舞台，没话找话地跟草叔聊着天，我跟他说，一会儿她唱歌的时候，我一定会哭的，你笑我的话我会打你哦。

是真的好想告诉全世界，我是那么喜欢你啊。喜欢一个人不丢脸，我不必躲藏。

2

"就算能真在对的时间遇见对的你，遗失的青春怎能回得去。"

演出进行到一半，当她唱起这首歌的时候，所有前排的观众像是事先约好了一样，齐刷刷地举起写着"陪你变老"字样的小横幅。我终于忍不住在四周一阵又一阵的欢呼尖叫声中放声大哭，蓄谋已久的眼泪止也止不住。

草叔在旁边被我毫无预兆的眼泪吓了一跳，一边给我递面巾纸一边说："你的泪点好奇怪，这有什么好哭的。"

"看到偶像变老，作为脑残粉的心情你不懂的，不过我跟你说啊，我最近很怕别人在我面前提到'老'这个字。"我也觉得自己有点儿好笑。

"你还比我小两岁呢，我都没觉得自己老，你作什么作。"他嗔怪道。

关于变老这件事儿，我完完全全没有做好准备，它却像是一位步履蹒跚的老人，即使走得再慢，也还是跌跌撞撞地到来了。

又怎么不会觉得自己老？曾经的同学接二连三传来结婚的讯息，去给人家当伴郎也当了三次了。高中时的班长小我一岁，可是明年年初就要当爸爸了。偶然在电梯里遇见邻居家的孩子，刚要微笑着对她说："小妹妹真可爱，今年几岁了？"旁边的母亲却说："宝贝儿，快叫叔叔好啊。"遇见年长的前辈，再也不能随便称呼他们叔叔阿姨，不然他们会不高兴。再也不能任性地穿着曾经的校服偷偷混进学校打一场免费的篮球，再也不能随随便便穿一套鲜艳的衣服，否则会被别人称为装嫩。

所有的这些，都让我觉得，我在疯狂地奔向老去。

我记得电影《小时代3：刺金时代》里的一个画面。林萧坐在房间的窗前低喃着："冬天过去了，春天也过去了，夏天拉开了漫长的白昼，几场突如其来的大雨，把上海的每一片树叶都洗得发亮，然后，夏天也结束了……"短短的几秒，镜头滑过窗外的风景，是白的雪、绿的树、黄的叶，是快速更迭的四季，快得让人心慌。

惊蛰，谷雨，夏至，立秋，白露，霜降，小雪，冬至。时光老人平淡的大笔一挥，人世间的岁月就这样急切而决绝地前行着，它不会因为我绝望而恐惧的呼喊放慢脚步。我就像是被困在阿茨卡班里的犯人一样，只能在这场岁月的奔流中坐以待毙，求救不成，空留叹惜。

少年时经历的那些种种，那些伤心遗憾失落无助，那些欢乐骄傲坚强隐忍，都仿佛在即将变老的一刹那聚在一起，汇成一段无人问津的路，流成一条无人摆渡的河。

3

前两天，陪我爸爸看央视音乐频道举办的小提琴大赛。

决赛的时候我俩一致认为其中一位选手表现得很棒。他是国家交响乐团的成员，拉了二十年的小提琴，这是他第四次参加这样的比赛，他是挺进决赛的选手中年纪最长的，今年三十岁。

"估计评委不会把冠军给他吧，最多也就是个第二名。"爸爸自顾自地说着，语气中略带遗憾。

　　"为什么我觉得他的实力是可以拿冠军的？"
　　"你不懂，能进入决赛的选手其实实力都是不分伯仲的，但是剩下的两个人都还没满二十岁，他们以后的音乐之路一定会有无数的可能。这个人是拉得很好，但是他年纪太大了，按照常理判断，这次比赛就已经是他的巅峰状态了，估计以后很难有更大的建树，评委们往往不会垂怜这样的选手。"

　　听到他这么说，我心里是有一点儿难过的。

　　再过几年，我也要满三十岁了。好害怕就这样默默无闻地老去。

4

　　我曾经无数次因为拍不出理想的照片而发脾气直接摔了相机，然后又突然很后悔地赶快捡起来，一遍一遍跟它说："对不起对不起，都是我不好，我不应该跟你发脾气，要原谅我啊。" 看着它身上因为我的任性留下的伤疤，眼泪夺眶而出。

　　曾经在一段漫长的瓶颈期的晚上反复做着同样的噩梦。梦里我拿着相机吃力地按下快门，眼睛一眨不眨地盯着取景器里的画面，却如何都找不到一个最合适的角度，看着相机屏幕里的成像一次又一次对自己感到失望。

　　也常常做这样的梦，梦里我坐在电脑前打开 Photoshop（图片编辑软件），却怎么样也调不出一个好看的色调。所有的工具、所有的快捷键都像突然不认识我了一样。或者它们都在嘲笑我，都在议论着："你那么弱，我们才不要听你的话！"

真的好恨这样的自己。

微博的留言板里经常会有人说：暴暴蓝，刚开始看你拍照的时候我还在读中学，现在我已经快大学毕业了。看到你一直在进步着，真好。一定要继续加油，不要让我们失望。

以前的我从不怕任何人对我失望。父母对我的希望、爱人对我的希望、朋友对我的希望，所有这些建立在亲密关系基础上的希望，对我来说都是太沉重的负担。我曾有过的所有的愤怒，也都是源于自己对自己的失望。但是想不到的是，当我看到这样的留言时竟会这么害怕，害怕终于等到我不再"好"的那一天，你们会对我说：我对你好失望。

我知道那样的一天终究会到来的，我不知道我还能肩负着这样的"好"走多久。

也是有过一些力量的。我在来自陌生人的私信中看到这样的一个留言，他说：暴暴蓝，我是因为你才开始喜欢上拍照的。这两年看过好多好看的照片，有的像你的光影，有的像你的色调，但是对我来说都不重要，因为那些都不是你。

陌生人的喜爱，是一种恩赐。

真感谢有那么多陌生的人还在爱着我，或者曾经爱过我。我会尽其所能全力以赴，为了可以好得更长久。

If I Could See You Again

当时间老人又拉过一片大幕，所有人都已有了结局，而我们，终于失去彼此了……

严格意义上来说，罗让是我的第一个网友。

那个时候我还在读高中，上网用 MSN 比用 QQ 多，那时微博还没有兴起，比较流行的是玩部落格。我用的是 MSN SPACE，因为页面比新浪的好看很多。那时候的我差不多把整个中学时的记忆都写在里面了，写满了我无病呻吟的牢骚和正当青春时的迷茫，搭配上我用我母亲给的三百万像素小卡片儿机拍的天啊云啊啥的，整体看上去很文艺。对，现在管这种叫小清新。后来微软将SPACE 彻底关闭，我没能来得及保存那些文章，因此难过了很久，好像把自己的青春弄丢了一样。

罗让的部落格名字叫"被谁遗忘的城市"。他文笔真的很好，文章经常作为推荐放到首页上。我第一次点进他的部落格就被首页循环播放的钢琴曲吸引，直到很后来，在我最后一次见到罗让的时候他跟我说，那首曲子叫 *If I Could See You Again.*

第一次同他讲话，是我读高三那年。我在他文章下面留言说，你文章写得真好。过了一会儿，发现他跑到了我的留言板里留言说，你拍得也很好。就这样认识了。他是白羊座，我是双鱼座，性格上很合拍。

因为地域时差的缘故，我跟他的交谈常常是我这边打了很多话他隔天再回复给我。我同他讲我失恋了，我高考落榜了，我父母帮我填报了一个自己不喜欢的专业，我昨晚又喝多了，我买了一台相机，我的作品被杂志用了，我在一个又一个杂志发表专栏了，我想成为一个职业摄影师……他回复我说，他明年就去英国留学了，他读的是设计，他在英国住的公寓有一个很大的落地窗，他跟一个英国男人在一起了，那个男人年轻的时候是一名网球运动员，他父母强迫他回国……

陪 蓝
67

可能是隔着网络的缘故，那些隐秘的、羞耻的、无法面对面诉说的心事，更容易毫无保留地对彼此释放。这样断断续续的聊天整整横跨了五年，直到2011 年的时候我们第一次见面。

罗让是上海人，大我两岁，我大学毕业那年他正好在英国读完研究生。后来我去北京创业，他回上海帮他父亲打理家里的生意。没接触过上海人之前经常听说一句玩笑，说中国人分三种，男人女人和上海人。我向来对这种地域性的玩笑嗤之以鼻，听到也往往一笑而过。罗让是一个非常细心的人，有很长一段时间我依赖于同他的对话。那些一个人在外地创业的心酸与不甘，那些看着坚持的梦想一次又一次破灭的心灰意冷，只有他最懂。他是我几乎跌落万丈深渊时拉住我的手，是我灰暗岁月中最明亮的太阳。他知道我喜欢抽烟，逢年过节必送我一些好烟，都是一些外包装很简单的烟，说是他爸朋友贿赂他的，是特供，市面上没有。每年过生日时，他的短信总是第一个到。我常常会有一种愿望，真希望他是我哥哥。

　　第一次见到罗让，是我去外地拍照路过上海停留一天。他站在新天地的十字路口等我，穿着很简单的白衬衫和亚麻色休闲裤。长得真是帅啊，我还是第一次在生活中见到一个男人能把白衬衫穿得这么好看。可能我后来迷上搜集白衬衫也是因为罗让吧，衣柜里差不多有三四十件了。我挺黑的，穿白色不好看，但每次试衣服的时候总会想这些衣服罗让穿起来会特别的好看。

　　罗让的东北话讲得有模有样，说是在英国有个很要好的朋友就是东北人，私下里聊天跟他学的。其实我知道他是为了见我特意练的，怕我尴尬。其实我那个时候因为长期在北京工作生活，家乡话讲得已经不是那么溜了，北京腔搭配东北口音，典型的二刈子调调儿。他一边说话一边时不时冲我笑，一口白牙弄得跟牙膏广告的代言人一样。他说："第一次看你一头黄色大卷儿长发的照片时以为你是女的，剪了头发后又以为是个 T，看你拍的照片和写的文字觉得应该是个 gay，见面聊了聊才确定是直男。"他一边说着一边摇头，"你给人的印象实在是太迂回了。"我说我去你大爷的我早跟你说了我是直男，他也回了句去你大爷的，口音特地道。

　　罗让是同性恋，刚在网上聊天的时候他就跟我说他是基佬。我那时候读高中啊，单纯得跟矿泉水似的哪懂这个啊。然后他就给我普及了一下什么是基佬啊什么是直男啊，挺长见识的。不过说实话，认识罗让后我对 gay 的印象都挺不错的，他们往往穿衣打扮干净得体，嘴贱但心细。比我在东北接触过的很多穿个大皮夹克戴个大金链子张口闭口吹牛 × 的直男强，真的。

　　然后罗让特神秘地跟我说要带我去吃个超棒的小吃，我们就去小杨生煎排队了。"原来你们这些富二代也会来我们人民群众的店啊。"我白了他一眼，没好气儿地说。他嘿嘿嘿傻笑，递给我一支烟嘴里嘀咕着："来来来，尝尝我们上海本地烟，来来来，给我弟弟点上。"

我还记得那天的天气很好，下午的阳光软绵绵地落在他修整干净的头发上。他的发色微微泛黄，逆着光，很是好看。

闲聊时，他会跟我提到他英国的男朋友。说他们在机场分别后就再没有联络过，但他还是常常会想起他。也跟我说了他家里人知道他不喜欢女人这件事，老人家嘛，传统观念太强当然接受不了，一度以死相逼，他才不得不回国。他轻描淡写地说起这些时的语气太过平和，好像是在讲别人的事情一样无关痛痒。还不忘打趣说他已经参加了家里安排的几次相亲，有一个女生是某某集团千金，很漂亮很做作一定是我的菜。听他讲这些我真的有点儿难过，我知道他是心痛的，因为我了解他。但他说起这些时分明是笑着的。后来我在网上看到一句话，大概意思是，微笑着去述说一些难过的事，可能就没有那么心痛了。我想罗让当时一定就是这样的。

再见到罗让，又整整过去了一年。我在北京的工作越来越忙，每天都会上网但少有时间去跟朋友聊天，其间三不五时还会和他通通电话，还是像以前一样聊着各自的近况。当然大多时候我是倾诉的一方，他是倾听的一方。他说他觉得我成熟了很多，喜悦和哀伤已不形于言表。他说为了关注我他特意弄了个微博，我每天发的文字和照片他都有看，偶尔闲得蛋疼时还会和在我微博下面说风凉话的小孩子吵两句嘴。他还说，看到了我实现了学生时代的梦想他真的很高兴。我问他："那你的梦想呢，实现了么？"他笑着回答说："应该就快实现了吧。"其实问完这个问题的一瞬间我就特别后悔，因为我知道罗让的梦想。

回到英国，回到那个有很大落地窗的公寓，回到他爱的人身边。

罗让去机场接我，然后带我去静安寺旁边的一个酒店。上海十月也是很热的，他穿一身黑西服扎个领带开个小跑车，浓厚的小开范儿。我说大热天的你不怕闷死吗，接我用得着穿得跟个伴郎似的吗？他说他现在天天去他爸的公司上班，办公室冷气太足，还说他的西服是啥啥名牌。我鄙视道："啥好玩意儿穿你身上都跟卖保险的似的。"他还是看着我嘿嘿嘿地傻笑，还是老样子，递给我一根烟，说："来来来，我把车窗打开给我弟弟透透气，来来来，给我弟

陪　蓝
69

弟点上。"

　　那天晚上罗让说他心情不好，让我陪他喝点儿酒。一提到喝酒我挺来精神，其实我这人酒量一般就是酒胆够足。连忙说："好啊好啊，走着走着。"罗让说："我知道你们老家喝酒都按箱按瓶喝，没劲。今天我们按街喝。"这套路我还是第一次听说，挺新鲜。他说："看到这条路了么，我们就沿着路边走，路过一家便利店就进去每人拿两罐啤酒，坐门口喝完再走，直到这条路走到头。"我一琢磨这主意挺浪漫连忙拍手赞同，白羊男就是有创意。

　　上海的夜晚真是美啊，明晃晃的霓虹灯会亮一整晚，风吹过街道两旁的梧桐时树叶沙沙作响，声音格外醉人。那天晚上罗让话特少，只是不停地抽烟，

我以为他的心结还没解开也就没多过问。他喝酒我就陪他喝，一直喝到第七家便利店，我实在是有点儿喝不动了。我了个大靠太他妈失策了，这上海开便利店的是有病咋的，隔五十米就来一家真不担心抢生意。罗让酒量真是好，跟没

事儿人似的还不忘揶揄我说我没用。我喝红眼了喝了吐吐了喝，大声喊着《北京乐与路》里耿乐的经典台词："男子汉大丈夫不挣窝囊钱，不抱小骚货，不喝跌份儿酒！来，继续！"豪情万丈但真心高了。后来一听到全家电动门的铃声就条件反射想要吐。那时候已经是后半夜两点了，罗让给我买了杯热牛奶，我迷迷糊糊的看到他满眼的血丝，好像还哭了。我本想说两句好听的安慰他，最后却让他跟便利店的服务员说说，能不能换首歌放放，我一听这首歌也想哭。

"就算你壮阔胸膛，不敌天气，两鬓斑白都可认得你。"我每次听到这首歌都特想哭，真的。

最后一次接到罗让的电话都快过春节了，号码是罗让的，打电话的却是别人。当时我正在跟几个高中同学吃烤肉喝啤酒，觥筹交错忆往昔峥嵘岁月稠呢。电话通了我上来就是一顿狂喊："罗让你他妈的一天天的也没个动静，微信短信都不回，是不是去死了啊，心里到底还他妈有没有我这个弟弟啊。"一听电话那边是个女的，我怪不好意思隔着空气一顿点头哈腰。那边说："你是暴暴蓝吧，你换个地方，太吵了我听不清。"然后我走到饭店门外，听着电话那边慢慢说着："你好暴暴蓝，我是罗让的姐姐我叫罗谦。"我连忙回应说姐姐您好姐姐您好，心里却笑着合计这姐弟俩名字起的还真讲文明懂礼貌。之后她姐姐说的话就让我一点儿也笑不出来了。她跟我说："罗让没了，上个星期走的。淋巴癌，十月份下的诊断，发现的时候已经是晚期了。他一直瞒着家里人来着，昨天下葬后我翻他的电话簿，发现你的备注名是——我最亲爱的弟弟，我就想，这个事还是要跟你说一下。"

这个城市的冬天特别的冷，那天晚上下着小雪，街上的车辆川流不息，人们都为了迎接新年忙碌着。我傻坐在饭店门口的台阶上，旁边有一个售卖烟花爆竹的摊位。记得我跟罗让说过，东北过春节时是多么多么接地气，有机会一定让他来沈阳过个年，尝尝正宗的猪肉炖粉条，再把我那些能喝酒的兄弟都叫上，喝个大醉后再去放鞭炮，放到嗨。

我想点支烟，手却一直抖一直抖怎么也点不着。然后我分明听见了罗让的声音，真真切切。他在我耳边低喃着："来来来，给我弟弟点上。" 然后我就哭了，是那种撕心裂肺的干号。我站在南京街的马路中央，一遍遍声嘶力竭地喊着罗让的名字。朋友们都被我吓傻了，不知道发生了什么都不敢上来劝我，只是在旁边帮我拦着来往的车辆。过了很久很久，我嗓子哑了，哭累了，眼泪在脸上结了一层又一层的薄冰，我用手使劲地蹭，也不觉得疼。

　　我在微博上看过一段话，是这么说的："我们越来越大，记忆越来越长。到后来，每一场雪都会让我们想起曾经下过的雪。"我在这个北方城市长大，经历过无数寒冷的冬天无数场冰雪，但都没有那个晚上的雪寒冷。

　　"罗让，你走以后我离开了北京，北京让我不快乐，你知道的。我回到这个寒冷的北方城市，这里冬天依旧会下很大的雪，以前的我很喜欢雪，但是现在每次下雪我都害怕，我都会躲在家里，因为我很怕想起那天晚上接到你姐姐电话后的感觉，好像是心里的太阳忽然不亮了，全世界所有的希望都变成绝望了，应该跟哈利·波特遇见摄魂怪时的感觉是一样的吧。我经常会去上海，但是再也没有吃过小杨生煎。还有，每次听到全家便利店的开门铃声就会想起你。百威啤酒我也不喝了，也很怕再听到那首 *If I Could See You Again*。你看，你教会我的那些勇敢我都留着，但是你也为我平添了这么多胆小。

　　"罗让，我很想你。"

碎片

电影

/

　　我喜欢一个人看电影 并且一定要买第一排的位子 因为身边一定不会有陌生人 电影院的前三排位子就好像长了虱子 莫名其妙地不招人喜欢

　　我喜欢看五六点钟的那场电影 一个人坐在那个宽大的房间里 在别人的故事中兜兜转转 或者开怀大笑或者泪流满面或者沉默不语 再走出那个房间时 已是夜幕降临 华灯初上 如果恰好下起了雪 那种感觉 就好像已经换了人间

　　我们最后看过的那场电影 是再无聊不过的都市爱情喜剧 杜琪峰的《单身男女》

散场时 已过了十二点 我们牵手走在人潮退去的街道上 昏黄的路灯把我们的影子拉得好长

北京初春的夜晚很凉 我帮你整理了一下风衣领子 在路的这旁送你上车 然后在西单十字路口的过街天桥上打电话给你

通话末了 我把电话开成免提 唱了那首《我愿意》给你听 最后问你 "是不是比片子里吴彦祖学青蛙叫唱得好听一点点" 你说 "嗯"

后来 你无数次跟我提及那场并不好看的电影 然后我都会抱着你 深情款款地再唱那首《我愿意》 你总会说不及那晚唱得好 但我分明看见你眼里闪烁着澄澈的光

气 味

/

记忆是会骗人的 快乐的难过的都是一样 它是经过选择 删减 又被加工或是美化后 才留在我们的脑子里的 甚至有一些 是无中生有的

曾跟那岩聊过这样的一个话题 究竟什么会唤起一个人最本能的想念

他说是声音 一首歌一部电影 或者是场地 相识的地点拥抱过的房间

我说是味道 是气味图书馆里桃子味的空气罐头 是雏菊的香水 是牛奶味的洗发液 是利乐包装的香蕉牛奶 是刚出炉的草莓蛋糕

只希望这些气味会代替记忆 让我更真实地记得你的样子

Obliviate

/

Obliviate 这是《哈利 · 波特》中最残忍的一个咒语 中文翻译过来叫作一忘皆空

赫敏举起魔杖对着自己的父母施展了这个咒语 她红了眼眶 然后画面扫过陈旧梳妆台上的那些老照片 所有关于她的面孔 开始慢慢地散去 那一刻开始她的父母不再记得他们曾经有过一个女儿 可能仅仅会在以后的某一天对着空镜框好奇地问 "咦 为什么这样的一张空白照片会摆在这里" 然后 生活中的一切按部就班地继续

你看 那么那么重要的人就这样凭空消失了 真的一点儿都不难过
长久以来固执地坚守 到头来才发现 只是围困住了自己
如果我也会这个咒语 那么忘记关于你的一切 该是多么容易

照 片

/

我喜欢拍照 因为影像的碎片让过往变得触手可及 你花了很多力气去遗忘的时间地点人物 只是一张照片 就会轻易地把你拽回往事里

开始拍照以后 好像已经习惯了躲在镜头后面 去过那么多不同的地方 拍过那么多不同的面孔 却很少有几张自己的照片 想想也是可惜的

我拍过很多的陌生人 有的后来成了朋友 有的仍旧是陌生的 在那么多的陌生人里 有一个女生是很特别的 我始终记得她

她拉着她的男朋友一起来拍照 为了纪念 可这纪念的理由却是让我惊讶的 是即将分手的纪念

他们都很年轻 男生即将去国外留学 她说他们即将长时间分隔两地 感情再好怕是终究也会淡了的 不如趁着还能开心地在一起的时候留个念想 多么让人心寒的纪念品

一年后 女生在 QQ 里给我发来消息 短短的一行字 我们还是分手了 我没有回复她 因为实在不知道该说些什么 她那么清醒 而且也是早早料到了结局

"多盼能送君千里 直到山穷水尽 一生和你相依"

隔着千山万水终生相守的故事成了白纸黑字印在书里面的传奇 而他们 却是平淡生活里那些种种不如人意的事例之一

人人都说 爱可以排除 怕只怕这万难之后 还有万难

票 根

我有过收藏票根的习惯 飞机票 火车票 电影票 话剧门票 演唱会门票等

刚开始是不刻意地留下的 到了后来却变成一种形式感 总觉得生命里还是要留下一点儿凭据的 证明自己曾来过 离开过 存在过

曾拍下过这些票根发给罗让看 他却说 你这是干吗 留着死后给阎王爷做呈堂证供吗

他讨厌所有形式感的东西 认为这些并不可取 是强加在生命意义之上的累赘

我并不认为是这样的 不过在他走后 我也就再也没有保留过这些了

咖 啡

/

任何东西 一旦成瘾 便是可怕的 咖啡对于我正是

第一次对咖啡这两个字产生兴趣 是因为于早年看过的一个网络故事 《爱尔兰咖啡》 是初中的时候

喝咖啡至今八年 刚开始是少量的 后来变成了一种酗 严重到每天下午不喝上一两杯便开始心慌 整个人打不起精神

现在 对于拿铁啊美式啊这种咖啡已经失去了兴趣 开始研究手冲单品咖啡 耶加雪啡 苏门答腊 哥斯达黎加等等 每个月都会去固定的烘焙师那里买那种刚刚出炉的豆子 然后回家自己磨来喝

直到最近 我在朋友推荐的一家小店里喝到了传说中最正宗的爱尔兰咖啡

妈呀 是真的真的很难喝啊

一期　一会

一期一会，是日本茶道用语。百年前，井伊直弼的书《茶道一会集》里写道："茶会谓一期一会，主客屡次相见，而今日之相见，一去不返，为一世一度之会。"

"一期"说的是人的一生，"一会"意思是只有一次的相会。

一个朋友曾和我说过这样一段话，他说，我们的人生里会经过很多形形色色的人，有一些是注定无法一起走到最后的，意外的相识，然后无声无息的告别。但只要记得，在一起时的日子彼此是真诚的，那些时光也是快乐的，就足够了。

都说人生如戏，一幕落下，一幕又拉起，其实所有的相遇都是暂时的，分别才是生命中的主旋律。当我深刻懂得了这些时，并没有对人生心灰意冷，而是对每一次相遇和离别，都倍感珍惜。

钴蓝　步舞

迷雾　森林

风 声 与 少 年

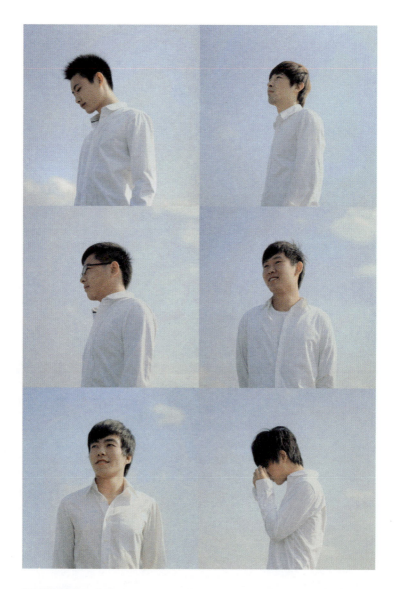

学生时代的最后一个夏天。
那些耳边呼啸而过的风声，那些最好的少年时光。

那天浩森跟我说，好像这几年我们所有的欢笑记忆，都是和酒有关的。我仔细想了一下，还真的是的。

在去北京之前，我不喜欢喝酒。每次说起喝酒这件事，我都会和文子说，其实我的酒量是硬生生被你练出来的。

酒为什么好喝，就因为它难喝。金城武在《伤城》里面说过这句很经典的台词。我把这句话说给文子听，他耸耸肩说，我不爱酒，我只爱醉。

认识他俩的第一天，我们就在五道口的一个小酒吧里喝了个大醉。不对，醉的只是我，他俩的酒量真是好得吓人。那是2010年秋天的一个晚上，我们从酒吧里出来时已经是凌晨一点了，街上的霓虹灯很亮，五道口永远是不夜场。道路两边多得是各色各样的小酒吧，闪着红黄色灯光的招牌下面聚集着一些鬼佬，他们一手点着烟一手捏着个半空的酒瓶，放肆地嚷着，时不时对路过的高挑女生吹一声口哨。我们各自上了出租车，他俩回东直门，我回紫竹桥。

出租车经过三环的马路，我把车窗摇下一半，看着窗外忽闪的光亮。可能是因为酒精的作用吧，我第一次觉得北京的夜晚这么美，风打在脸上，酒醒了大半。

那是我在北京的第一年，很孤单的一年，偶尔也会想家，不过还好有这些损友陪在身边。

一杯浊酒尽余欢，今宵别梦寒。

空气　男孩

"夏天是太阳投射过树的光影，你是白日的繁星。"

"从孩子不再相信童话开始，独角兽就消失了。"

他，她

DAVIDS

"小王子的意思是，你爱上一朵玫瑰，那么在深夜的星空，当你抬头，天上所有的星星都是幸福。"

八月长安

陈晨

"这个城市太大了，大到我再也没有遇见过你。这个城市又太小了，小到到处都是你的痕迹。"

付曼

"一个人穿行风雨也好，一个人路过晴天也罢，希望你能接受，孤独才是人生常态。"

宫艺蕾

琅子

李乐

"Summer for thee. Grant I may be. 要是我可以成为你的夏天。"

凌草夏

那岩

"从前希望长大成人，如今难过不再年少。成长的代价无关惨痛与沉重，他只是把那个曾经勇敢热忱的少年变成了患得患失、欲言又止、敏感又自卑的我。"

"树叶黄了，就要掉了，被风吹了，找不到了；太阳累了，就要睡了，留下月亮，等着天亮；冬天来了，觉得凉了，水不流了，你也走了；音乐响了，让我哭了，心亦丢了，还会痛吗。"

秋秋

"你是我无法斑驳的时光。"

若薇

"渡边有时会想念直子，我也想念你。"

"冬去春来，你会回来。"

沈斯曼

"我们所有的不快乐，都因为我们太清醒。"

桃子

"那些无能为力的事 我们统统丢给时间处理 其实它也未必治愈得了。"

小曹

小糖

"一个人穿行风雨也好，一个人路过晴天也罢，希望你能接受，孤独才是人生常态。"

"当时间老人又拉过一片大幕，所有人都已有了结局。而我们，终于失去彼此了。"

小雨

晓夏

"大多数的相遇不是缘分，而是巧合，只是我们都会错了意。"

杨玥

杨直曲

元申

"小时候喜欢过商场里的一个布偶，它特别好看。每次路过那个柜台我都会停留很久隔着玻璃傻傻地对它笑，妈妈跟我说，那么喜欢我们就买回家吧。我说，买回家也是看在这里也是看，是一样的啊。所以，长大后对于我爱你这件事，也只限于路过你在的城市，隔着温热的空气，望着你就好了。"

张皓宸

他
她

正文完

后记

暴暴蓝

2008年，我买了第一台相机，从那时起，我的生活就慢慢发生了一些变化。

最初，摄影只是我用来打发时间的一种消遣。不打牌、不网游、不谈恋爱的大学生活总是要有一些消遣的。后来，我拍的照片开始陆陆续续刊登在各种青春刊物，或是封面或是插图。摄影不再仅仅是我的一项爱好，它慢慢成了一种习惯。

记得那时，下课后我常常会一个人跑去学校东门口的报刊亭闲逛，也不买书，只是为了数一数最近又有多少杂志里面提到了"暴暴蓝"这个名字。从那时起，我得到了很多很多的夸奖，说起来可笑又讽刺的是，因为在我少年时几乎没有获得过什么赞美，长大后终于找到了一种途径，便像是掠夺一般拼了命地想要得到更多。

现在想想，也不过是一个自卑少年的幼稚行为罢了。

很多年前罗让对我说过："如果你分不清自己究竟是热爱摄影这件事本身，还是热衷于被称赞的过程，你会很痛苦的。"

今年是我开始摄影的第七个年头。这么多年，我经历了无数次的自我怀疑与否定，终于重新振作并加快脚步向前，我终于可以明确地告诉自己，我是近乎本能地热爱"摄影"。我会继续拍下去，一直拍下去，哪怕观众已经散场了，掌声早就停止了。

我长大了，我成熟了，希望这些，你在很远很远的地方也会看得到。

昨天，草叔发来信息对我说："你还差一篇'后记'，这本书就结束了。"

终于可以结束了。

原来这么快就要结束了啊。

这本书前前后后差不多拖了两年。没有很刻意地去追赶进度，总是空闲的时候就停下来写一写，删一删，然后再写一写。因为真的不确定还会不会有下一本，所以留下的每一张照片，写下的每一行字总是小心翼翼的，生怕哪里做得不够好。

写作对我来说是一件很辛苦的事情，要比摄影辛苦。举起相机的时候，所有的一切都是美好的，你只要按照你脑子里想象的画面去临摹出来就可以了。写作却不一样，情节都是旧的，都是真真切切发生过的。想起那些曾经，有时会让我笑出声来，但有时却是揭伤疤一样的疼。

这本书是一个纪念，纪念罗让，纪念K，纪念所有我生命中爱过我，我爱过的人们。

终于要结束了，就算有不完美，就算有无数的遗憾。

可就是因为那些不完美和遗憾，我们那些无法回溯的青春岁月才能变得生动起来。

最后，谢谢草叔，谢谢他的信任，这本书才可以顺利地出版。

真希望这个时候麦格教授忽然从我的身后出现，笑着对我说："别担心，其实你做得已经很棒了，格兰芬多加十分！"

暴暴蓝
2015 年 6 月 15 日于上海

愿你的青春永不散场 —— 全书完

图书在版编目（CIP）数据

陪你到青春散场 / 暴暴蓝著 .-- 武汉：长江文艺出版社，2015.9
ISBN 978-7-5354-8104-7
I.①陪…II.①暴…III.①散文 - 中国 - 当代IV.①I267
中国版本图书馆 CIP 数据核字（2015）第 124195 号

陪你到青春散场

暴暴蓝　　　　著

选题产品策划生产机构 | 北京知书文化传媒有限公司 | 北京长江新世纪文化传媒有限公司

出品人 | 谢不周　凌草夏　八月长安
出版人 | 金丽红　黎　波　安　波　舜

责任编辑 | 张　维　　装帧设计 | 又　一　　媒体运营 | 银　铃　刘　冲
内文制作 | 又　一　　责任印制 | 张志杰

总发行 | 北京长江新世纪文化传媒有限公司
电话 | 010-58678881　　　　　　传真 | 010-58677346
地址 | 北京市朝阳区曙光西里甲 6 号时间国际大厦 A 座 1905 室　　　邮编 | 100028

出版 | 长江出版传媒 | 长江文艺出版社
地址 | 湖北省武汉市雄楚大街 268 号湖北出版文化城 B 座 9-11 楼　　　邮编 | 430070
印刷 | 北京尚唐印刷包装有限公司
开本 | 880 毫米 × 1230 毫米　1/32　　　印张 | 8
版次 | 2015 年 09 月第 1 版　　　　　印次 | 2015 年 09 月第 1 次印刷
字数 | 113 千字　　　　　　　　　　插图 | 166 幅
定价 | 39.80 元
盗版必究（举报电话：010-58678881）
（图书如出现印装质量问题，请与选题产品策划生产机构联系调换）